«PANDORA»

Della stessa autrice

Anna dagli occhi verdi
Il barone
Saulina (Il vento del passato)
Come stelle cadenti
Disperatamente Giulia
Donna d'onore
E infine una pioggia di diamanti
Lo splendore della vita
Il cigno nero
Come vento selvaggio
Il corsaro e la rosa
Caterina a modo suo
Lezione di tango
Vaniglia e cioccolato
Vicolo della Duchesca
6 aprile '96
Qualcosa di buono
Rosso corallo
Rosso corallo
(Edizione illustrata)
Singolare femminile
Il gioco delle verità
Mister Gregory
Un amore di marito
Léonie
Giulia per sempre
(Disperatamente Giulia,
Lo splendore della vita)
Il diavolo e la rossumata
Palazzo Sogliano
Il bacio di Giuda
La moglie magica
La vigna di Angelica
Dieci e lode
Festa di famiglia
Un battito d'ali
Suite 405
Segreti e ipocrisie
Il falco
L'amore fa miracoli
Mercante di sogni
La vita è bella, nonostante

Tutti i libri di Sveva Casati Modignani sono anche in versione ebook, a eccezione di *Rosso corallo* (Edizione illustrata) e *Giulia per sempre*.

SVEVA CASATI MODIGNANI

LA VITA È BELLA, NONOSTANTE

Sperling & Kupfer

I fatti narrati sono immaginari. Ogni riferimento a fatti e luoghi reali o a persone realmente esistenti o esistite è puramente casuale.

Pubblicato per

Sperling & Kupfer

da Mondadori Libri S.p.A.

LA VITA È BELLA, NONOSTANTE

ISBN 978-88-200-7826-3

I Edizione ottobre 2023

Anno 2023-2024-2025 - Edizione 1 2 3 4 5 6 7 8 9 10

Ringraziamenti

PER la consulenza medica, ringrazio Ornella Melogli, Anna Bartorelli, Franco Rocco.

Per i suggerimenti finanziari, ringrazio Antonio Benenti.

Per l'editing, ringrazio Donatella Barbieri.

Per la pazienza, ringrazio le ragazze della Sperling.

LA VITA È BELLA, NONOSTANTE

Carlotta

1

Carlotta si svegliò alle sei e mezza, come ogni mattina. Gianni, al suo fianco, dormiva profondamente. La sera prima, le aveva telefonato per dirle che doveva eseguire un intervento di plastica facciale molto complesso, e non sapeva a che ora sarebbe rincasato.

Le aveva spiegato che era alla clinica Columbus, dove avevano ricoverato una donna sfigurata a pugni e calci dal marito violento. Poi, abbassando la voce, aveva precisato: «È la moglie di Restelli, quello dell'industria farmaceutica».

«Mio Dio, la conosco. È la bellissima Roselina», aveva sussurrato Carlotta, inorridita. E aveva commentato: «Non è un segreto che lui, ogni tanto, la riduce in condizioni deplorevoli».

«Questa volta è stato più pesante del solito. Sarà un lavoro impegnativo restituirle un aspetto accettabile. Vai a dormire e dai un bacio alla nostra cucciola, perché non so a che ora concluderemo l'intervento», le aveva detto.

«Tu sei un maestro e farai il miracolo di ridarle la sua bellezza. Però ti ricordo che non sei più un ragazzino e stai lavorando troppo. Sei stanco e mi preoccupo per te, amore mio», aveva replicato lei, salutandolo.

Ora si voltò verso di lui. Dal lenzuolo emergeva una spalla nuda. Avrebbe voluto accarezzarla, ma non lo fece temendo di svegliarlo. Gli indirizzò un bacio e l'avvolse il profumo irresistibile della sua pelle, che lei definiva scherzosamente «il richiamo della foresta». Si alzò dal letto e, in punta di piedi, uscì dalla camera.

La vita era stata generosa. Le aveva regalato la bellezza che, a quarantotto anni, non accennava a sfiorire, il successo professionale che aveva fatto di lei uno degli avvocati più stimati della città, un marito affascinante, onesto, innamorato di lei e del proprio lavoro, una figlia meravigliosa e intelligente, e le amiche del cuore che amava come sorelle.

Qualche volta sentiva il bisogno di entrare in una chiesa, inginocchiarsi davanti alla Madonna e renderle grazie per tutto questo.

Sempre in punta di piedi, entrò nella cameretta della figlia, che aveva poco più di due anni. Camilla dormiva ancora profondamente.

Allora andò in bagno a lavarsi e vide le tracce lasciate da Gianni che si era fatto la doccia prima di coricarsi e aveva abbandonato l'accappatoio sul bordo della vasca.

Dopo entrò nella stanza-guardaroba, scelse una camicetta di seta bianca abbottonata dietro e un tailleur Chanel rosa, bordato di blu, a cui avrebbe abbinato scarpette a mezzo tacco e borsetta blu. Infine sedette davanti allo specchio e si truccò accuratamente.

Erano le sette e mezza quando, per la seconda volta, entrò nella cameretta di Camilla, che era sveglia e le sorrideva.

«Buongiorno, cuoricino mio», le disse, ricambiando il sorriso.

«Mammina», sussurrò sua figlia, alzando le braccia verso di lei.

«Hai fatto tanta nanna?» le domandò.

«Tantissima, ma adesso mi scappa la pipì», rispose.

Fino a pochi mesi prima, Camilla pronunciava solo parole essenziali, ma un giorno, all'improvviso, aveva iniziato a parlare speditamente.

«Allora ti metto subito sul vasino», disse sua madre, mentre le toglieva i pantaloni del pigiamino e il pannolino, ancora asciutto. Intanto le diceva compiaciuta: «Stai proprio diventando grande. Ormai da una settimana non ti bagni più. Complimenti», la adulò Carlotta.

Dopo la aiutò a lavarsi e a vestirsi.

«Ho fame», annunciò la bimba, mentre la mamma le infilava ai piedi un paio di scarpine azzurre, dopo averle fatto indossare un maglioncino di cotone e minuscoli jeans con tante tasche che a Camilla piacevano molto. «Andiamo a fare colazione», decise infine, prendendola in braccio, per il piacere di stringerla a sé.

«Prima voglio dare un bacino al mio papà», chiese la piccola.

«Il tuo papà dorme, perché ha lavorato fino a tardi. Lo vedrai questa sera.»

«Ma io voglio dargli un bacio piccolo piccolo e lui non si sveglia», insistette la bimba.

«Va bene, ma devi fare piano piano», le raccomandò.

Quando entrarono nella camera, si accostarono silenziosamente al grande letto e lei chinò la figlia perché potesse sfiorare con un bacio il viso del padre. Poi la risollevò subito.

«Mamma, papà è freddo freddo», le bisbigliò Camilla all'orecchio.

Carlotta si bloccò. Posò una mano sul viso del marito e, in quell'istante, il tempo si fermò. Gianni era freddo come il marmo. E anche lei si sentì raggelare.

Trovò la forza di rispondere: «Perché dorme scoperto. Adesso andiamo di là e dopo ci penso io a coprirlo come si deve».

Uscì dalla stanza e, con la piccola aggrappata al collo, andò in cucina.

Kiky, il domestico filippino che era da anni al suo servizio, alzò lo sguardo ridente per salutare madre e figlia. Il sorriso si spense non appena vide il viso sconvolto di Carlotta e domandò: «La signora non sta bene?»

«È tutto a posto, ma tu devi accompagnare subito Camilla al nido», gli ordinò.

«Ma io adesso voglio mangiare», protestò la bimba.

«Lo so, tesoro mio. Ma, per questa mattina, farai colazione con zia Sole che ti darà un bel cappuccino con la brioche», rispose sbrigativamente, affidando la figlia alle braccia del domestico.

«Mammina!» strillò la piccola delusa e smarrita, sul punto di piangere.

Carlotta la baciò con amore e le disse: «Tesoro, perdonami. Ho qualcosa di molto urgente da sistemare e zia Sole ti farà tante coccole».

Kiky si dileguò rapidamente, tenendo stretta a sé Camilla.

Rimasta sola, Carlotta digitò sul cellulare il 118 e, all'operatore che le rispose, disse: «Mi mandi un'ambulanza all'indirizzo che ora le detto. Mio marito è morto nel sonno».

Poco dopo tornò nella camera da letto. Accese una lampada e si accostò a Gianni. Si chinò e lo baciò sulle labbra di ghiaccio.

Il suo urlo di dolore lacerò il silenzio della casa e Carlotta pianse come mai prima d'ora. Le sue lacrime piovvero sul viso del marito che aveva cessato di vivere.

2

Kiky parcheggiò l'auto di fronte al cancello d'ingresso di una bella villa Liberty, circondata da un vasto giardino, in via Verrocchio. Scese, aprì la portiera posteriore, prelevò dal seggiolino la piccola Camilla, la prese in braccio e sorridendole disse: «Ecco, siamo arrivati da zia Sole».

Su una grande maiolica istoriata, inserita nel cancello, campeggiava la scritta: NIDO DEL SOLE.

In cima a una gradinata, si apriva l'ingresso della villa e Maria Sole era lì a ricevere i genitori che accompagnavano i loro bambini. Spalancò le braccia per accogliere Camilla.

«Zia Sole, voglio la brioche e il cappuccino», trillò la bimba.

«Signora, le devo parlare», le bisbigliò il domestico, con aria grave.

La donna annuì e disse a Camilla: «Vai a salutare i tuoi amichetti e dopo andiamo insieme al bar. Sei contenta?»

La bambina trotterellò verso l'interno da dove veniva il vocio festoso degli altri bimbi.

«Camilla non ha fatto colazione e l'avvocatessa si è raccomandata di farle prendere brioche e cappuccino. Penso che sia accaduto qualcosa di molto serio, perché la signora era sconvolta. Non l'avevo mai vista così prima d'ora», spiegò Kiky.

Quando tornò in piazzetta Duse, il domestico vide un'ambulanza che si allontanava silenziosa dal portone del palazzo e un'auto della polizia in sosta accanto al marciapiede. Aveva il cuore in gola quando entrò nell'appartamento e trovò l'avvocatessa che parlava con due poliziotti, mentre altri due si aggiravano per le stanze.

Carlotta gli domandò: «La mia bambina?»

«È con la signora Maria Sole. Posso essere d'aiuto?»

«Il dottore è morto nel sonno. Poco fa lo hanno portato via», rispose con voce algida. Poi si rivolse ai due agenti e spiegò: «Kiky è il nostro collaboratore domestico e ha accompagnato al nido la nostra bambina».

«Mi dispiace tanto, signora», sussurrò il filippino, commosso. E soggiunse: «Vado in cucina».

«Dobbiamo parlare anche con lei», lo bloccò un agente. Poi si rivolse a Carlotta e precisò: «Mi dispiace, signora, ma è la prassi».

«Lo so. Posso ritirarmi?» domandò lei.

«Ci scusi per le tante domande. In un momento così tragico, capisco che lei avrebbe bisogno di silenzio. Il nostro è un mestiere ingrato, ma credo che non la disturberemo oltre. Ora dobbiamo interrogare il suo domestico.»

Carlotta non fece commenti e si isolò nella zona notte dell'appartamento che i poliziotti avevano già ispezionato.

Richiuse la portafinestra della camera da letto, che il personale sanitario aveva spalancato. Abbassò le tapparelle e si distese sul letto, nella parte in cui, per un tempo troppo breve, suo marito si era coricato al suo fianco.

Erano stati amanti per due anni e ne erano trascorsi tre da quando erano diventati marito e moglie.

L'ambulanza lo aveva trasportato al Policlinico e un anatomopatologo avrebbe praticato l'autopsia per definire le ragioni del decesso improvviso che il medico, venuto a constatarne la morte, aveva diagnosticato come una probabile ischemia fulminante.

L'uomo meraviglioso che lei aveva tanto amato non c'era più e con lui era svanito anche il suo profumo.

In quella assolata mattina di settembre, le tenebre di un dolore lacerante la avvolgevano.

Sentì il trillo del cellulare che aveva abbandonato da qualche parte. Avrebbe dovuto alzarsi, cercarlo e rispondere. Ma non aveva nessuna voglia di farlo. Dopo aver affidato Camilla al suo domestico, aveva chiamato Tommaso e Battista, i figli del primo matrimonio di Gianni. I loro cellulari erano spenti, quindi aveva digitato per entrambi un identico messaggio: «Chiama non appena leggi. È urgente». Ora pensò che fosse uno dei due a cercarla.

Oppure la chiamata veniva dallo studio legale Biffi-De Gasperi-Valli, di cui era presidente.

I trilli insistevano e lei raccolse le forze per lasciare il letto, la camera e, seguendo il suono che diventava sempre più nitido, raggiunse lo spogliatoio. Il cellulare era sul tavolino della toilette.

Lesse il nome di Maria Sole.

«Sono qui», rispose in un sussurro.

«Mi dici che cosa succede?» domandò l'amica, preoccupata.

«Il mio Gianni non c'è più. È andato via per sempre», rispose.

«Spiegati meglio.»

«Mio marito è morto, mentre io gli dormivo accanto. L'ho scoperto stamattina.»

Ci furono alcuni istanti di silenzio, poi Maria Sole le disse: «Camilla starà con me per tutto il giorno. Te la riporterò questa sera e mi fermerò da te per la notte. Non ti lascio sola».

«Ma io dovrò parlarle... dirle qualcosa... povera bambina», balbettò Carlotta.

«Sai che lei adora il mio Michele. Glielo metterò accanto. Intanto noi due stabiliremo come spiegarle l'assenza del padre», propose l'amica.

«Per favore, non parlarne né con Gloria né con Andreina. Non ora. Non lo dirò neppure ai miei parenti, né ai colleghi del mio studio. Per adesso desidero che nessuno lo sappia.»

«Perché?»

«Non sopporterei le solite frasi di circostanza. In questo momento sono smarrita e distrutta. Sono certa che mi capisci. Grazie per occuparti della mia Camilla», rispose.

Poi aver parlato con Maria Sole, le telefonò Tommaso, il figlio maggiore di Gianni.

Si limitò a dirgli: «Ti aspetto a casa con tuo fratello. Venite appena possibile. Non chiedermi altro. Voglio bene a te e a Battista e non vedo l'ora di abbracciarvi».

Poi rispose a una chiamata di Giulia, la sua segretaria.

«Stamani avevi due appuntamenti importanti e non ti sei presentata. Devo preoccuparmi?» esordì l'efficiente collaboratrice.

«Sto affrontando un problema di famiglia molto grave, di cui non intendo parlare. Ti avrei telefonato io per dirti che non sarò in ufficio per diversi giorni. Dirotta i miei appuntamenti su Angelo Venosta e sugli altri soci. Non chiamarmi più e aspetta che sia io a farmi viva», le rispose l'avvocatessa e chiuse la telefonata, senza darle il tempo di replicare.

Quindi raggiunse il domestico in cucina. Lui le porse una tazzina di caffè ben zuccherato.

Carlotta lo bevve in un sorso e sussurrò: «Grazie, caro. Per favore, occupati della casa come sempre. Fai la spesa e... Insomma, Kiky, fai quello che vuoi. Mi isolo nello studio».

«Volevo dirle che mi dispiace tanto», disse di nuovo Kiky.

«Lo so e ti ringrazio. È un momento difficile... passerà», tagliò corto lei, allontanandosi.

3

ALLA fine del pomeriggio, Maria Sole varcò la soglia dell'appartamento di piazzetta Duse con suo figlio Michele e la piccola Camilla.

Carlotta, che era nel salotto, per un breve istante li guardò con aria assente. Poi le sue labbra si schiusero in un sorriso mentre allargava le braccia per accogliere la sua bambina.

Era arrivato il momento di rivelarle che suo padre non c'era più. Carlotta aveva già concordato con l'amica le parole giuste per non traumatizzarla.

Ora le due donne si scambiarono uno sguardo d'intesa e l'amica disse al figlio: «Andiamo in cucina a vedere quello che Kiky prepara per cena».

«Io voglio la cotoletta, perché lui la fa molto croccante e mi piace tanto», precisò Michele, tallonando la madre.

A quel punto, Carlotta abbracciò Camilla e le sussurrò con dolcezza: «Devo dirti una cosa molto importante».

«È una cosa bella?» domandò sua figlia.

«Non tanto bella, ma fa parte della vita e dobbiamo accettarla.»

La bimba le rivolse uno sguardo perplesso e sua madre proseguì: «Il tuo papino è partito per un lungo viaggio e così, questa sera e le sere che verranno, non sarà con noi».

«Dov'è andato? Io non l'ho neppure salutato.»

«Non c'è stato il tempo, perché nemmeno lui sapeva che Gesù l'avrebbe chiamato a sé.»

«Non capisco», disse Camilla, smarrita.

«È volato in cielo, amore mio», sussurrò Carlotta.

«Perché non me l'ha detto? Io volevo volare con lui», protestò la bambina.

«Anch'io avrei voluto volare con lui. Ma tu non devi preoccuparti, perché da lassù lui ti vede, ti sorride e ti manda tanti baci», disse sua madre con dolcezza.

«Però, neanche tu sei tanto contenta», osservò la piccola.

«Hai ragione. Sento molto la sua mancanza, ma devo accettare la volontà di Gesù.»

«Allora Gesù è cattivo.»

Carlotta spiegò: «Lui non fa mai niente senza una ragione. Aveva bisogno del tuo papà in Paradiso, per qualche motivo che noi non sappiamo».

«E quando smette di avere bisogno, Gesù lo rimanda a casa», disse Camilla con fare convinto. Si liberò dell'abbraccio della madre e concluse: «Vado di là a giocare con Michele. Però questa cosa di papino che è volato da Gesù non mi piace per niente».

La scomparsa di suo padre era un fatto troppo sconvolgente, e senza rendersene conto, la bambina aveva cercato un diversivo per rimuoverla.

Maria Sole, invece, viveva come sua la tragedia che aveva colpito Carlotta all'improvviso. Così si era fatta carico di alleviare la sofferenza dell'amica con l'unica arma di cui disponeva: l'amore. Le aveva detto al telefono: «Per questa notte dovrai sopportare la mia presenza e quella del mio Michele, perché tu e tua figlia non potete rimanere da sole».

Kiky, silenzioso e soccorrevole, aveva preparato la cena per le due amiche e i loro figli. Poi aveva messo una brandina nella cameretta di Camilla, perché Michele potesse dormire accanto a lei. La piccola aveva accolto con gioia questa sistemazione, perché Michele era il suo amico del cuore e la faceva ridere raccontandole storie buffe dei compagni d'asilo.

Dopo cena le due donne rimasero sole a sorseggiare la tisana che il domestico aveva servito prima di andarsene, e Maria Sole le fece notare: «Hai il mascara sbavato fin sulle guance».

«Me lo dici solo adesso?» reagì Carlotta.

Andò nello spogliatoio e si guardò allo specchio. Stentò a riconoscersi e pensò: Gianni non può vedermi in queste condizioni. Di nuovo sentì un nodo stringerle la gola sapendo che il suo amatissimo compagno non l'avrebbe vista mai più.

Osservò la camicetta stazzonata e le condizioni deplorevoli del tailleur Chanel color rosa pallido, come quello che indossava Jacqueline Kennedy a Dallas quando il marito esalò, tra le sue braccia, l'ultimo respiro. Lei non era ancora nata, a quell'epoca, ma si convinse che il colore di quel tailleur che non conosceva le mode e da decenni vestiva con eleganza le donne di tutto il mondo portava sfortuna. Si spogliò e decise che non l'avrebbe mai più indossato, ma lo avrebbe conservato come una reliquia, perché su quell'abito aveva stretto a sé, per l'ultima volta, il corpo esanime di suo marito.

Indossò un pigiama e una vestaglia di leggera flanella blu e tornò dall'amica.

«I nostri figli dormono come angioletti», la informò Maria Sole. «Tu, invece, come stai?» E proseguì: «È un dolore che ho già vissuto, almeno in parte, quando è morto Mariano, anche se stavamo divorziando, ma lui era il mio amico più caro ed era il padre di Michele. Amica mia, con il trascorrere del tempo il dolore si trasforma in consapevolezza di un'assenza che ognuno di noi colma come può. Io coltivo il ricordo del dolcissimo padre di mio figlio e della nostra straordinaria amicizia. Quanto a Camilla, sarà impegnata a scoprire il mondo intorno a sé e accetterà l'assenza del padre».

«Tu tenti di consolarmi. Questa mattina mi sono svegliata accanto a Gianni. Un'ora dopo, il meraviglioso uomo del mio cuore non c'era più. Non mi scalderò più al calore dei suoi abbracci.»

Erano le nove di sera e Carlotta dialogava pacatamente con l'amica, il pensiero era rivolto all'uomo che aveva perso.

In quel momento suonò il suo cellulare. Era di nuovo Tommaso che, poche ore prima, era stato da lei con suo fratello Battista, e a Carlotta era toccato il difficile compito di informarli della morte del loro padre.

«Battista e io vorremmo stare un po' con te. Possiamo?» esordì il giovane.

«Questa è casa vostra. Vi aspetto», rispose Carlotta.

«Allora aprici il portone. Siamo qui sotto», replicò lui, poi chiuse la comunicazione.

«Io vado dai bambini. Voi avete bisogno di stare da soli», disse Maria Sole, uscendo dal soggiorno.

Lei aprì la porta ai figli di Gianni che l'abbracciarono e le porsero una scatola.

«Abbiamo comprato il gelato da *Babagel*, quello al caffè e alla vaniglia che piaceva a papà», disse Battista.

«Avete cenato?» si preoccupò Carlotta.

«Non abbiamo fame, ma vorremmo dividere con te il gelato», propose Tommaso.

«Siamo stati al Policlinico e abbiamo chiesto di poter vedere papà», la informò Battista.

«Lo abbiamo salutato e ci hanno detto che domani faranno l'autopsia.»

Carlotta assentì senza replicare.

I loro visi sembravano di pietra. Allora concluse, allargando le braccia: «Venite qui, voglio abbracciarvi».

4

«RAGAZZI, vogliamo lasciar squagliare il gelato?» chiese Carlotta per stemperare l'emozione.

Li precedette verso la cucina, mise sul tavolo tre ciotole di vetro e le riempì di gelato che presero a gustare in silenzio. Di tanto in tanto Carlotta osservava i loro visi, i gesti, le espressioni dei due fratelli.

Battista lo notò e domandò: «C'è qualcosa che non va?»

«Assomigliate a vostro padre e mi conforta constatare che Gianni continua a vivere nei suoi figli», rispose la donna, con un sorriso.

«Papà vive anche nel ricordo dei suoi pazienti. Oggi, nel reparto di anatomopatologia, l'infermiere che ci ha consentito di vedere papà e dargli una carezza ci ha rivelato che era stato suo paziente. Un chirurgo lo aveva operato per estirpargli, fino alla radice, un brutto melanoma tra la base del naso e il labbro superiore. A quel punto era intervenuto il chirurgo plastico, Gianni Corbetti, e gli aveva ricostruito la zona scavata, restituendogli la levigatezza originale. Se non ce ne avesse parlato, non ci saremmo neppure accorti che era stato operato. Le mani di papà erano magiche», spiegò Tommaso.

«Non a caso avete scelto entrambi di seguire le sue orme», osservò Carlotta. E soggiunse: «Sarete entrambi eccellenti chirurghi plastici».

«Avresti dovuto sentire con quanta gratitudine quell'uomo ci ha parlato del tratto umano di nostro padre, della sua empatia con il paziente, della sua grazia. E poi ci ha detto: 'Sono sempre gli uomini migliori che se ne vanno per primi. Gli arroganti, i presuntuosi, i maligni vivono cent'anni'. Se avesse osato, ci avrebbe abbracciato», raccontò Battista.

Finirono di gustare in silenzio il gelato.

Carlotta raccolse le ciotole e i cucchiaini, li infilò nella lavastoviglie e infine domandò: «Vostra madre lo sa che Gianni non c'è più?»

«Tu hai deciso di tacere al mondo la morte di papà e noi siamo d'accordo. Lo verrà a sapere, come tutti, dopo il funerale», rispose Tommaso.

«Come è giusto che sia, perché la sua morte è un evento così intimo che riguarda solamente noi che lo abbiamo tanto amato. Per nostra madre lui era soltanto un accessorio prezioso da esibire. Luisa Belgrado è una donna incapace di amare e, quindi, di provare dolore per chiunque», disse Battista.

«Non essere così spietato con quella povera donna che

sta pagando le sue colpe in carcere. Non dimenticare che ha dato la vita a te e a tuo fratello. Avrebbe potuto scegliere di abortire, invece ha voluto che voi due nasceste. Dopo di che, vi ha amato come poteva. Non è stata una madre tenera perché non sapeva come esternare l'amore per voi e si è limitata a replicare il tipo di educazione che aveva ricevuto lei, per prima, dalla sua famiglia. Certamente non è stata benevola con vostro padre quando ha tentato di coinvolgerlo nei suoi vergognosi intrighi finanziari. Se non fossi intervenuta io a denunciare i suoi sporchi affari, l'ingenuo dottor Corbetti sarebbe finito in carcere al posto suo. Ma questa storia la conoscete bene. Tuttavia, lui è stato suo marito per molti anni e mi sembra giusto che sappia della sua morte. Decidete voi cosa fare. Intanto non sappiamo quando potremo riaverlo per il funerale, dal momento che non è ancora stata fatta l'autopsia», disse Carlotta mentre osservava quei due bravi ragazzi per i quali ora lei rappresentava l'unico punto saldo della loro esistenza. Avevano imparato a volerle bene non solo perché era stata la compagna amatissima del loro papà, ma perché Carlotta era sincera, onesta e non conosceva il livore che aveva caratterizzato i comportamenti della loro mamma.

Sedevano attorno al tavolo della cucina a parlare di lui e a pianificare le sue esequie.

Tommaso le domandò: «Secondo te, papà dovrebbe essere deposto nella cappella dei Belgrado al cimitero Monumentale?»

«Ma sei matto?» intervenne Tommaso. E soggiunse: «Lui non ha nulla da spartire con la famiglia di mamma».

«Non mi piace pensarlo sotto terra», spiegò il fratello maggiore.

«Io proporrei la cremazione, se voi siete d'accordo. Così ci resterebbero le sue ceneri», intervenne Carlotta.

Lesse il consenso negli sguardi dei suoi figli e allora proseguì: «Se siete d'accordo, le conserverei io e voi potreste venire a dargli una carezza quando vorrete».

«Credo che papà sarebbe d'accordo», annuì Tommaso.

«Potremmo dormire da te, per questa prima notte senza papà?» domandò Battista.

«Aiutatemi a preparare i vostri letti», disse Carlotta.

«Tu sei la madre che non abbiamo mai avuto. Papà è stato molto fortunato a incontrarti», sussurrò Battista, abbracciandola.

Erano le undici di sera e, all'improvviso, mentre davano gli ultimi ritocchi alle lenzuola profumate di lavanda, giunse fino a loro il pianto disperato di Camilla, che chiamava la sua mamma.

Da molti mesi la bambina faceva tutto un sonno, pensò Carlotta mentre la sollevava dal suo lettino e la stringeva al seno.

«Tesoro mio, cosa ti succede?» le domandò in un sussurro, mentre si infilava nella stanza da bagno e le dava piccoli baci.

«Ho fatto un brutto sogno», balbettò Camilla, affondando il viso nell'incavo del collo di sua madre.

«Che cosa hai sognato?» le chiese mentre le cambiava il pannolino.

«Non me lo ricordo più, ma era un sogno tantissimo brutto», rispose.

«Però adesso il sogno non c'è più e c'è la tua mamma che ti vuole tantissimo bene», la rassicurò.

«Voglio il mio ciuccio», disse Camilla.

Era trascorso quasi un anno da quando sua figlia aveva rifiutato la tettarella, anche se, di tanto in tanto, apriva lo stipetto nella sua stanza da bagno per accertarsi che quell'oggetto consolatorio fosse sempre lì, chiuso in un barattolo trasparente. Carlotta lo lavò sotto l'acqua del rubinetto e la piccola glielo strappò dalla mano per infilarselo tra le labbra.

Prese a succhiarlo con avidità e, poco dopo, tornò a addormentarsi.

Allora sua madre pensò che la bambina soffriva per la mancanza del padre e pianse, cullandola, perché Gianni era un'assenza dolorosa da sopportare.

Andreina

1

Quel giorno, Andreina si era svegliata con il sorriso sulle labbra, perché una manina gentile le accarezzava la guancia e lei la afferrò e la baciò sussurrando: «Io lo conosco l'angioletto che fa le carezze alla mamma. E, adesso, questo angioletto non lo lascio scappare».

Aveva allungato le braccia fuori dalle lenzuola, aveva sollevato il corpicino della sua bambina e l'aveva adagiata nel letto, accanto a sé.

«Fatti strapazzare un pochino dalla tua mamma», proseguì Andreina, coprendola di baci schioccanti.

Viviana emise una delle sue risate gorgoglianti, beandosi di quelle coccole che le piacevano tanto.

In quel momento Adele aprì la porta della camera e disse: «Figlie belle, la colazione è pronta. Fuori dal letto tutte e due».

«Agli ordini, comandante», replicò Andreina, accendendo la lampada sul tavolino da notte.

Erano le sette del mattino e alle nove doveva essere in ufficio.

«Sì sì, voglio la mia Ovomaltina», trillò Viviana, schizzando in piedi.

Viviana era gioiosa, come lo sono tutti i bambini sereni quando iniziano un nuovo giorno e sanno che scopriranno cose nuove. Ora fremeva per essere accompagnata al Nido del Sole, dove avrebbe ritrovato la sua amica Camilla, la bimba di zia Carlotta, e Ludi e Robi, i figli di zia Gloria.

Ma il suo prediletto era Michele, il figlio di zia Sole. Lui aveva cinque anni e frequentava la scuola materna delle suore del Virgillito, non lontano dal nido di zia Sole.

In seguito sarebbe andata anche lei al Virgillito e un po' le dispiaceva perché avrebbe dovuto lasciare Camilla e i gemelli.

Poco dopo, Andreina la raggiunse nel tinello. Viviana sedeva a tavola e affondava il cucchiaio in una specie di poltiglia creata dai biscotti inzuppati nel latte caldo, aromatizzato con l'Ovomaltina, e se lo portava alla bocca con lentezza, per non rovesciare il cibo.

Era una bimba che amava l'ordine e la pulizia. Sua madre la osservò compiaciuta, mentre sedeva di fronte a lei.

Notò che Viviana diventava ogni giorno più bella e assomigliava sempre di più a suo padre, l'americano Bill Foster, che Andreina aveva amato con tutta se stessa.

Pensò a sua madre, a come sarebbe stata fiera di quella nipotina deliziosa e a quanto si sarebbe rammaricata nel constatare che Andreina seguiva le sue orme: avere una figlia senza darle un padre.

Ma l'idea di un marito le era insopportabile, perché avrebbe sconvolto un equilibrio consolidato nel tempo.

Mentre osservava la sua bambina, ancora una volta ricordò il primo incontro con Bill, quando si era concessa una breve vacanza solitaria a Margate, una località di mare nel Sud dell'Inghilterra. Era stato amore a prima vista. Peccato che lui avesse una moglie amorevole e due piccole figlie adorabili.

Sapevano che, finita la vacanza, si sarebbero detti addio per sempre. Ma non era stato così. Lui continuava ad amarla e le inviava mail che trasudavano passione, e lei era straziata dalla sua assenza e dalla sorpresa d'essere rimasta incinta. Gli aveva taciuto la gravidanza per non turbare i suoi equilibri famigliari.

Un giorno l'americano aveva scoperto che la moglie amorevole lo tradiva da sempre e a lui non era parso vero di poter divorziare per darsi totalmente alla donna del suo cuore. Lo scrisse ad Andreina e la gioia per quell'annuncio era diventata sgomento quando aveva realizzato che ora avrebbe potuto sposare Bill, perché la prospettiva di legarsi a un uomo per il resto della vita le sembrava insopportabile. Non aveva mai avuto un padre e non voleva dividere la sua esistenza con un estraneo. Ogni volta che un fidanzato le aveva proposto il matrimonio, era fuggita in preda al panico. Così aveva risposto a Bill di lasciarla libera di vivere la sua vita.

Viviana era nata in piena pandemia Covid. E l'americano non sapeva di essere diventato padre.

Bill era il supervisore dei grandi magazzini Tulip Inc. che aveva filiali in tutta Europa. Andreina era la responsabile del personale della sede di Milano. Prima o poi sarebbe stato inevitabile trovarsi a tu per tu con lui, quando fosse tornato in Italia. Questa consapevolezza la turbava perché non sapeva come avrebbe reagito rivedendolo.

Ora, nel tinello di casa, Viviana la distolse da questi pensieri domandando: «Mammina, la nonna Adele non vuole assaggiare la mia pappa. Perché?»

«Perché lei ha già fatto colazione», rispose Andreina.

«Perché ha già fatto colazione?»

«Perché si è svegliata prima di te.»

«Perché si è svegliata prima di me?»

«Perché doveva preparare la pappa per te», spiegò sua madre, rassegnata agli incessanti «perché» della piccola che rappresentavano un gioco estenuante per lei che lo subiva, ma molto divertente per quella meravigliosa creatura che aveva mille curiosità da soddisfare.

«Tu vuoi assaggiare la mia pappa?» domandò la bimba, allungando un cucchiaio colmo verso la madre, che le bloccò subito la mano prima che rovesciasse tutto sul tavolo.

Tuttavia, per accontentarla, ne assaggiò un pochino e commentò: «È così buona che se non ti sbrighi a finirla, la finisco io».

Viviana rise e si mise d'impegno per vuotare la sua scodella. Poi dichiarò soddisfatta: «Adesso è tutta nel mio pancino».

Adele la sollevò dai cuscini, la mise a terra e le ordinò: «Vai a vestirti, perché dobbiamo andare al nido».

La bimba corse verso la sua stanza e Adele commentò: «Questa bella bambina ha voglia di crescere in fretta. Ma non smetterà di fare domande. Che cosa le dirai quando ti chiederà di suo padre?»

«Sei peggio di un martello pneumatico», brontolò Andreina, prima di addentare una fetta di pane tostato, irrorato con il miele.

Finì la colazione nel momento in cui arrivò Gina, la domestica che lavorava in quell'appartamento dai tempi in cui lì viveva sua madre.

«Tutto bene?» le domandò Andreina.

«Tutto come sempre, signora», rispose la donna, affrettandosi a sparecchiare la tavola del tinello.

Lei si chiuse in bagno per fare una doccia veloce, prima di vestirsi per andare al lavoro. Suonò il cellulare.

Era Marco, lo chef che era stato uno dei suoi fidanzati, che le augurava il buongiorno.

«Come stanno le mie donne?» esordì.

«Viviana e Adele stanno bene. Quanto a me, devo sbrigarmi o arriverò in ritardo in ufficio. Che cosa posso fare per te?» gli domandò Andreina.

«Puoi solamente dirmi se posso venire da te questa notte.»

«La risposta è sì, a condizione che tu mi faccia tante coccole.»

«Temo che sarò stanchissimo e avrò solo bisogno di dormirti accanto. Ci stai?»

«Potrei dire di no, al mio amico del cuore?» disse lei, prima di chiudere la telefonata.

2

Andreina rientrò dal lavoro alle sette di sera. La piccola Viviana aveva finito di cenare e le corse incontro gioiosa, abbracciandole le gambe.

«Mammina, la nonna Adele mi ha fatto mangiare una pappa buona con il riso bianco e tante palline rosse», la informò subito.

Sua madre la prese in braccio e le domandò: «Erano buone?»

La bimba si portò alla guancia il dito indice e lo ruotò, come aveva visto fare da Adele, emettendo un mugolio di piacere.

«È rimasta qualche pallina rossa anche per me?» le domandò sua madre.

«Ce n'è ancora un mucchio alto così», la rassicurò Viviana.

«Allora, più tardi, le mangerò anch'io.»

«Ma non tutte. Nonna Adele ha detto che devono restare anche per domani», si raccomandò la bambina, in un sussurro.

Dalla cucina veniva il tintinnio delle posate e dei piatti che Adele stava ammucchiando nel lavello.

Andreina rimise a terra la figlia e disse: «Adesso la mamma si rinfresca un pochino e dopo ti mette a nanna».

«Quando sono a letto mi racconti la storia dell'omino di pan di zenzero che nessuno riesce mai a prendere?»

«Promesso», la rassicurò Andreina che da giorni le raccontava quella fiaba, sempre la stessa, che la piccola si divertiva ad ascoltare.

Quella sera, quando concluse la storia, invece di addormentarsi Viviana domandò: «E se l'omino di pan di zenzero, che scappa sempre, venisse nel mio lettino?»

«Non potrebbe farlo, perché la finestra della tua stanza è chiusa», replicò la mamma.

«Ma se venisse?» insistette la piccola.

«Tu che cosa faresti?» le domandò Andreina.

«Lo prenderei in mano, perché il pan di zenzero mi piace tanto.»

Sua madre si sentì spiazzata dalla risposta della figlia.

«Però la storia finirebbe e io non potrei più raccontartela», osservò.

«Questo lo dici tu. Io aprirei la mano e lui ricomincerebbe a scappare.»

«Come potrebbe, se lo avrai schiacciato troppo?»

«Mammina, non capisci che lui è magico? Lui deve

continuare a correre, a scappare. Proprio come fai tu», disse la piccola, con tranquilla convinzione.

Sua madre ammutolì, come se avesse ricevuto uno schiaffo in pieno viso.

Guardò la figlia che le sorrideva con soavità e balbettò: «Perché dici che io scappo? E poi da chi? Da che cosa?»

«Non lo so, ma nonna Adele dice che scappi sempre come l'omino di pan di zenzero.»

«Da te non scappo mai e, quando sono lontana, non vedo l'ora di tornare ad abbracciarti. Mi piacciono le ore del mattino, della sera e dei fine settimana, quando posso stare con te per darti tanti baci, perché tu sei la mia bellissima bambina e io ti voglio bene.»

Aveva trascorso anni a tenere a distanza le persone che le volevano bene, a cominciare da sua madre quando l'aveva affidata ai parenti in Puglia per venire a Milano a lavorare e, con i suoi guadagni, le aveva consentito di avere un futuro migliore del suo, di ottenere una laurea e lasciarle un piccolo patrimonio. Ma Andreina non si era sentita amata e, per difendersi dal dolore del distacco, aveva imparato a non amare nessuno. Quando un uomo le chiedeva di sposarlo, lei scappava come l'omino di pan di zenzero.

Le sue difese erano crollate solo quando aveva incontrato Bill Foster. Lo aveva amato con tutta se stessa e aveva versato fiumi di lacrime quando avevano dovuto lasciarsi, perché lui era già sposato e, sapendo di non poterlo avere, lo aveva amato ancora di più.

Le era piaciuto portare avanti una gravidanza non cercata e avere una figlia, la sua amatissima Viviana, senza che ci fosse di mezzo un marito, perché ripercorreva un'esperienza già vissuta dalla sua mamma e, come lei, sarebbe stata una ragazza madre. Con sua figlia avrebbe mitizzato la figura del padre assente, come aveva fatto la sua mamma con lei. Ora si rendeva conto di avere taciuto a Bill la sua gravidanza non tanto per generosità quanto per egoismo. E di questo ne aveva avuto la conferma il giorno in cui Bill le aveva rivelato di essere un uomo libero. Da quel giorno aveva trovato mille pretesti per non rivederlo, favorita in questo dalla pandemia.

Sua figlia aveva ragione: lei era come l'omino di pan di zenzero.

«Anch'io ti voglio tanto bene, mammina», sussurrò Viviana, soffocando uno sbadiglio, mentre le tendeva le piccole braccia e le circondava il collo.

Andreina la tenne stretta a sé fino a quando la bimba si addormentò.

Allora lasciò la cameretta in punta di piedi e, sapendo che Adele si era già ritirata nella sua stanza, entrò nel soggiorno.

Accese la tv, si collegò a Netflix, e riprese a seguire *Merlí*, una serie spagnola che raccontava il mondo degli studenti universitari e dei loro insegnanti. Era una vicenda appassionante che si nutriva di sentimenti viscerali, di verità profonde.

Poco dopo le arrivò un messaggio sul cellulare: «Sono davanti al portone del tuo palazzo. Mi apri?»

Lei sorrise e andò nell'ingresso per azionare l'apertura

automatica. Poi schiuse la porta di casa e stette lì ad aspettare che Marco uscisse dall'ascensore.

Si salutarono con un bacio a fior di labbra.

Lo chef aveva con sé la borsa frigo e la precedette in cucina. Estrasse dalla borsa una serie di vaschette avvolte nella carta stagnola e le mise sul tavolo, mentre diceva: «Un po' di golosità per i prossimi giorni».

«Che cosa ti offro?» gli domandò.

«Solamente te stessa», rispose lui, guardandola con amore.

«Hai la faccia stanca», disse lei, dandogli una carezza.

«Speravo che la doccia fatta prima di venire da te avesse spazzato via la stanchezza», replicò lui.

«Vai a metterti in poltrona. Io preparo due belle camomille», ordinò Andreina.

«E se, invece, ci infilassimo subito nel letto?» propose lui, con un sorriso irresistibile.

«Sei proprio distrutto, povero caro», constatò lei, offrendogli un sorriso tenerissimo.

«Ma non abbastanza per rinunciare a fare l'amore con te, mia dolcissima amica», sussurrò lui, improvvisando un'espressione da seduttore che la divertì.

Quando si sciolsero dal lungo abbraccio, Marco bisbigliò: «Buonanotte, mia adorata Andreina».

Aspettò che lei si addormentasse, poi si abbandonò al sonno anche lui.

Gloria

1

QUELLA stessa mattina, mentre Carlotta viveva il dramma della scomparsa improvvisa di suo marito e Andreina si accordava con Marco per una nuova serata di coccole, Gloria si ridestò respirando il buon profumo del dopobarba di Sergio che le dava un bacio lieve sulla fronte.

Senza aprire gli occhi, sussurrò: «Amore mio, sei senza pietà».

«Lo so che dormiresti ancora un po', ma i gemelli reclamano la loro mamma e io ho fretta perché devo andare in aeroporto a ricevere quel cliente di cui ti parlavo», le spiegò il suo compagno.

«Non vale!» protestò lei e domandò: «Che ore sono?»

«Le sette. Devo proprio scappare. Domattina ti lascio dormire fino alle otto. Promesso», disse lui, uscendo dalla camera da letto.

Subito dopo, Ludovico, detto Ludi, e Roberto, detto Robi, irruppero nella camera e si inerpicarono sul letto per reclamare la colazione esprimendosi con un linguaggio incomprensibile.

Ai genitori preoccupati, la pediatra aveva spiegato che i due gemelli comunicavano perfettamente tra loro e non sentivano il bisogno di esprimersi correttamente con gli adulti. Li aveva rassicurati, garantendo che la frequentazione con i nuovi amici del nido avrebbe vinto la loro pigrizia.

«Vi assicuro che, quando saranno costretti a rapportarsi con altri coetanei e avvertiranno la necessità di farsi capire, questi due lavativi impareranno a parlare in men che non si dica», aveva sentenziato la dottoressa.

Ora frequentavano il Nido del Sole da quasi un mese e Maria Sole le aveva detto che avevano iniziato a parlare quasi correttamente con i loro compagni. A casa, però, avevano conservato il loro linguaggio segreto accrescendo il senso di frustrazione della loro mamma.

Quella mattina, Gloria decise che era arrivato il momento di reagire. Schizzò in piedi, si infilò la vestaglia e affrontò le due piccole belve con un tono di voce pacato, ma deciso.

«Io so cosa volete, ma non avrete nulla se non me lo dite con parole chiare.»

Ludi e Robi fissarono la mamma con aria sorpresa, poi si guardarono negli occhi, annuirono e, in coro, dissero: «Vogliamo la pappa».

Lei avrebbe voluto urlare di gioia e le dispiacque che

Sergio non fosse presente. Mantenne la sua impassibilità e replicò: «Io scendo in cucina e vado a scaldare il latte».

I due la seguirono come pecorelle.

«Con i cereali al cioccolato», disse Robi.

«E la banana», aggiunse Ludi.

Lei sorrideva felice.

Gloria li mise a sedere in cucina e lasciò che mangiassero da soli, impiastricciandosi il viso, mentre lei sorseggiava il caffè e pensava che stava iniziando a uscire da un lungo incubo che l'aveva tormentata fin da prima che nascessero e non smetteva di chiedersi se i suoi gemelli fossero figli di Sergio o di Bruno Arconati, il bel cardiologo del quale si era perdutamente innamorata.

Ricordò i momenti di solitudine durante i quali si abbandonava a lunghe crisi di pianto, dibattendosi tra l'affetto profondo per il suo Sergio, la passione travolgente per Bruno e la sua incapacità di optare per l'uno o l'altro dei due.

Intanto il Covid imperversava e il lockdown imposto dalla pandemia aveva diradato gli incontri con il suo amante.

Si era vantata con le sue amiche del cuore affermando che non le importava di conoscere la paternità della creatura che portava in grembo, ma mentiva anche a se stessa, prima che a loro. Poi, durante una cena del giovedì in casa di Andreina, aveva trovato il coraggio di ammettere che non riusciva più a dividersi tra Sergio e Bruno. «Devo scegliere con chi stare», aveva concluso.

«Come puoi scegliere se non sai quale dei due è il padre della tua creatura?» aveva ragionato Carlotta.

«Devo convincermi che la creatura è soltanto mia e farmi bastare questa certezza», aveva replicato.

«Se ti bastasse, non piangeresti», aveva affermato Maria Sole.

«Soffro perché la mia scelta l'ho già fatta. Sergio è il mio compagno da vent'anni, con lui ho diviso gioie e dolori e non mi ha mai, dico mai, delusa», aveva affermato lei.

«Tranne quando per un tuo compleanno ti aveva regalato un Bimby invece del solito gioiello», aveva ricordato Andreina, scherzando.

Gloria era riuscita a ridere tra le lacrime e aveva proseguito. «Bruno lo conosco solamente da pochi mesi. Mi si spezza il cuore all'idea di lasciarlo, ma lo farò comunque. Questo è un giuramento solenne che pronuncio davanti a voi che siete le mie amiche del cuore», era stata la sua conclusione.

E aveva mantenuto il giuramento.

Qualche giorno dopo, alla fine di una giornata trascorsa in ufficio con Vieri, il suo socio, a programmare gli eventi per l'estate, quando il ministero della Sanità avrebbe posto fine al lockdown, Gloria aveva incontrato Bruno.

In quanto medico, lui poteva circolare liberamente e così l'aveva raggiunta in via Mercadante, negli uffici della Alfa Communication, dopo che Vieri se n'era andato.

«Che cosa ti succede?» le aveva domandato scrutandola con apprensione, perché aveva letto l'angoscia nel suo sguardo.

«Ti scorto nel nostro salottino», aveva replicato lei, precedendolo lungo il corridoio sul quale si aprivano gli uffici.

«Non mi sembrava corretto parlarti al telefono di una decisione tanto importante, almeno per me», aveva proseguito lei, invitandolo a prendere posto su un divanetto accogliente.

«Non dirmi altro, perché so già dove vai a parare. Mi sono sempre sentito una specie di terzo incomodo fra te e Sergio, tuttavia mi ero illuso di essere una calamita capace di staccarti da lui. Non è stato così e la colpa è solamente mia», aveva sussurrato lui, levandosi in piedi e andandole vicino per abbracciarla.

«Ma stai soffrendo anche tu», aveva balbettato lei, in preda al dolore per quello strappo definitivo.

«Imparerò a fare a meno di te e tu ti abituerai a fare a meno di me, perché capisco che non c'è altra soluzione, soprattutto ora che sei incinta», aveva replicato il medico, lasciandola senza fiato.

«Ma tu... come lo sai?» aveva domandato in un soffio.

«Sono un medico, rondinella mia. Colgo i segnali. I tuoi seni si stanno gonfiando e i capezzoli si stanno indurendo. È evidente che non sono stato io a farti questo dono, dal momento che ho sempre usato il contraccettivo. Tu diventerai mamma e io sono fuori gioco.»

Lei avrebbe voluto dirgli: «C'è stata una notte, due mesi fa, in cui abbiamo fatto l'amore nel tuo letto quando eravamo in un meraviglioso dormiveglia».

Invece aveva taciuto. Bruno l'aveva abbracciata e tenuta stretta a sé per lunghi istanti, senza parlare, perché non c'era altro da dire.

Poi si era staccato da lei ed era uscito dalla stanza. Gloria aveva ascoltato il suono dei suoi passi lungo il corridoio e poi il *clac* della porta dell'ufficio che si chiudeva alle sue spalle.

Si era conclusa così la sua bellissima storia d'amore con Bruno e di tradimento nei confronti del suo amatissimo Sergio.

Erano trascorsi due anni e mezzo da quella sera nella sede della Alfa Communication. Lei non aveva smesso di pensare a Bruno e, per non cadere in tentazione, aveva evitato di incontrarlo.

Quando il dottor Luciano Mariani, il suo ginecologo, le aveva comunicato che aspettava due gemelli, Gloria non sapeva se gioire o disperarsi.

«Solo una donna meravigliosa come te poteva farmi un simile regalo. Ti rendi conto, tesoro, che alla tenera età di quarantacinque anni diventerò padre di due figli in un colpo solo?» aveva esultato Sergio.

«Ti rendi conto, Sergio mio, che un figlio rivoluziona l'esistenza di una coppia e due saranno una specie di terremoto?» aveva replicato Gloria.

Ora i suoi figli avevano terminato la colazione e reclamavano la sua attenzione.

Gloria li guardò sorridendo e disse: «Vi voglio tanto bene».

Li prese in braccio e li portò in bagno. Li lavò, li vestì e si preparò per uscire con loro e accompagnarli al Nido del Sole, prima di affrontare la sua giornata di lavoro.

2

DURANTE il periodo del lockdown, quando il Covid aveva costretto la popolazione all'isolamento, con la inevitabile chiusura di aziende, negozi, scuole e luoghi di ritrovo, Maria Sole aveva deciso che quello era il momento migliore per realizzare il vecchio progetto di un asilo per la prima infanzia e Andreina, che aveva un grande senso pratico, aveva individuato una villa dotata di un vasto giardino, in una via tranquilla, che era stata messa in vendita ormai da tempo ed era scesa di prezzo. L'aveva proposta all'amica che l'aveva acquistata immediatamente.

Terminati i lavori di ristrutturazione, il nido era pronto per ospitare i figli delle sue amiche e anche altri bimbi da uno a tre anni.

L'asilo aveva aperto i battenti alla fine dell'estate, quando il virus era stato in gran parte debellato con le vaccinazioni di massa.

Ora il Nido del Sole funzionava a meraviglia e Gloria,

ogni mattina, accompagnava in auto i suoi gemelli, sapendo di affidarli in mani sicure.

Intrecciava brevi chiacchiere con Maria Sole. Talvolta incontrava Carlotta oppure il suo domestico Kiky con la piccola Camilla, che le regalava grandi sorrisi, e c'era sempre Adele con la piccola Viviana che le sorrideva festosa e abbracciava i due gemelli che le offrivano una caramella.

Scambiava due parole con le altre mamme che spesso si lamentavano perché le loro creature avevano fatto i capricci durante la notte ed erano sempre in debito di sonno.

Gloria si considerava fortunata, perché Ludi e Robi dormivano da sempre sonni tranquilli. Lei, invece, era costretta ad assumere gocce di tranquillanti per placare un malessere che non condivideva con nessuno, nemmeno con le sue amiche del cuore.

Più di una volta Sergio l'aveva svegliata di notte perché lei stava piangendo nel sonno profondo indotto dai farmaci.

«Gloria, mi stai preoccupando», le diceva con dolcezza.

«Mi dispiace», si scusava lei.

«Hai avuto un incubo?» indagava.

«Se l'ho avuto non me lo ricordo. Io non sogno mai», replicava con voce stanca.

Lui le aveva suggerito di rivolgersi a un neurologo, ma Gloria sapeva che la ragione del suo disagio dipendeva dal bisogno sempre più assillante di sapere chi fosse il padre dei suoi gemelli.

Quella mattina arrivò in via Verrocchio, posteggiò l'auto in prossimità del nido, scese e aprì la portiera posteriore. I due gemelli, che durante il tragitto erano stati impegnati in una lunga discussione, alzarono le braccia per essere sganciati dai seggiolini e risero felici.

Li depose sul marciapiede e i due si avviarono saltellando verso il nido che distava una ventina di metri.

«Fermatevi immediatamente», disse lei, raggiungendoli e prendendoli per mano.

Varcarono il cancello d'ingresso e Maria Sole li accolse.

«Eccoli qui i miei campioni meravigliosi», esclamò, chinandosi a baciarli sulla guancia. Poi alzò lo sguardo sull'amica, mentre Ludi e Robi correvano incontro a una maestra che li stava aspettando.

«Tu hai una faccia che non mi piace», commentò Maria Sole.

«Sono in un periodo di lavoro stressante. Dopo quasi due anni di mortorio, i clienti arrivano a frotte e dovrò assumere altro personale per seguire una valanga di eventi», spiegò Gloria e, guardando l'orologio, soggiunse: «Devo scappare perché sono già in ritardo sulla tabella di marcia».

«Giovedì prossimo dobbiamo parlare, tu e io», disse Maria Sole mentre l'amica si dileguava.

Gloria aveva detto la verità. Alle nove e mezza aveva una riunione all'hotel *Four Seasons* con Monsieur Gandolfi, un creatore di profumi che intendeva lanciare sul mercato del lusso una nuova essenza.

Si infilò nell'auto, girò la chiave dell'accensione e il motore tossì, starnutì, e si spense.

Riprovò più volte, infine constatò che il motore era defunto.

Doveva chiamare un carro attrezzi, ma prima telefonò a Vieri per informarlo che sarebbe arrivata in ritardo.

«Lascia la macchina dov'è e prendi subito un taxi, perché il Gandolfi è uno scassapalle e io ho bisogno di te per tenerlo a bada e fargli accettare le nostre proposte», tagliò corto il socio.

Vieri aveva ragione. Scese dall'auto e, mentre stava per comporre sul telefonino il numero di una compagnia di taxi, ne scorse uno libero che le stava passando accanto.

Allungò un braccio, agitandolo. Il conducente la vide e si fermò.

Si infilò rapidamente sul sedile posteriore e disse: «Mi porti più velocemente che può al *Four Seasons*».

Il tipo barbuto che era al volante replicò: «Farò del mio meglio, traffico permettendo».

Mentre si destreggiava nel flusso caotico degli automezzi, l'uomo guidava impassibile, e Gloria, all'improvviso, gli domandò: «Lei è felice?»

Dal suo specchietto retrovisore l'uomo la guardò perplesso e domandò a sua volta: «Che cos'è la felicità?»

«È qualcosa che ti fa star bene», disse lei. E proseguì sottovoce: «Io sto male, perché sono infelice».

Il tassista continuò a guidare senza fare commenti.

Quando fermò l'auto in via Gesù, Gloria gli allungò la

carta di credito, lui le tese la ricevuta e le disse: «La felicità è saper apprezzare quello che si ha».

«Il tassista filosofo mi mancava. Lei è stato molto gentile e la ringrazio», replicò Gloria, prima di richiudere la portiera e infilarsi nell'atrio del lussuoso albergo.

3

Monsieur Alain Gandolfì, con l'accento sulla i, figlio di italiani emigrati in Francia, era nato e cresciuto in Provenza e, fin da bambino, lavorava con i genitori nei vasti campi di fiori da cui venivano estratte le essenze per la profumeria. Era diventato un maestro profumiere grazie al suo olfatto molto sviluppato che gli consentiva di cogliere le varie sfumature di profumi, memorizzarle e catalogarle nella mente e nel cuore. Era un ometto tondo come una palla, con un carattere difficile e bastava un nonnulla per irritarlo e indurlo ad andarsene.

Dopo aver creato fragranze per i marchi più famosi del settore, a cinquant'anni aveva deciso di lanciare profumi per uomini e donne che desideravano un'essenza su misura. Per averla dovevano incontrarlo, perché lui potesse valutare il colore e il tipo di pelle, le caratteristiche dell'odore naturale e preparare il profumo che meglio si adattava alla loro personalità.

Aveva già testato le proposte di due importanti agenzie di comunicazione e le aveva scartate. Ora era approdato alla Alfa Communication, preceduto dalla fama di colossale rompiscatole. Gloria e Vieri dovevano garantirgli una serie di interviste televisive e articoli sulla stampa.

Gloria si addentrò nella hall del *Four Seasons* e le venne incontro il grafico dell'agenzia.

«Ti faccio strada. Il rompipalle è con Vieri e Giuliana in una saletta del primo piano. Sono appena arrivati e lo stanno già intrattenendo», le disse il collaboratore.

Lei dimenticò le sue ansie, si stampò sul viso un'espressione accogliente e si accostò al maestro profumiere come se lui fosse una divinità cui rendere omaggio.

Il lieve ritardo venne subito dimenticato e iniziò la presentazione di un programma di lavoro molto intenso e interessante. Alain Gandolfi approvò l'intera linea promozionale e non batté ciglio sul consistente aspetto economico che quel lancio comportava.

Dopo due ore di analisi minuziosa del progetto, l'ometto firmò il contratto e lei lasciò l'albergo lussuoso con i suoi colleghi.

Allora poté chiamare la concessionaria che le aveva venduto l'auto e si accordarono per trovarsi in via Verrocchio, dove un carro attrezzi avrebbe prelevato la macchina in panne.

«Non prendere il taxi. Ti accompagno io, così cominciamo a pianificare il calendario di questa promozione», disse Vieri.

«Ti ringrazio, ma nel pomeriggio vorrei andare dal mio ginecologo e dopo torno a casa. Ci vediamo in ufficio domattina», replicò Gloria.

«Non stai bene?»

«Tutto regolare. È solo una visita di controllo.»

«Te lo chiedo perché da tempo ho l'impressione che tu non sia la Gloria di sempre.»

«Ho anch'io l'impressione di non essere quella di sempre. Considera che ho quarant'anni, due belve con cui vorrei passare più tempo e invece riesco a dedicarmi a loro solamente la sera. E un compagno meraviglioso che avrebbe mille ragioni per lamentarsi, ma non lo fa. Oggi abbiamo chiuso un contratto con i controfiocchi che rimpingua il budget di fine anno. Posso prendermi mezza giornata di vacanza?»

Vieri l'abbracciò e le disse: «Hai tutta la mia solidarietà e io ti chiedo scusa per non essere stato abbastanza comprensivo da proportelo».

Gloria salì sul taxi, diede l'indirizzo e chiamò lo studio del suo ginecologo.

«Ho bisogno di vedere il dottor Mariani nel pomeriggio. È importante. Guardi se può trovarmi un piccolo spazio tra una paziente e l'altra», disse alla segretaria.

«Signora Tagliaferri, per lei posso fare questo e altro. Mi dia il tempo di individuare un incastro e la richiamo subito», rispose la donna che la contattò poco dopo per confermarle la visita.

Gloria rimuginava le parole del tassista filosofo che aveva detto: «La felicità è saper apprezzare quello che si ha».

Lei aveva un gran bisogno di serenità e soltanto il dottor Luciano Mariani, che la conosceva da quand'era ragazza e che l'aveva seguita per tutto il periodo della gravidanza e l'aveva aiutata a partorire i suoi gemelli, poteva dissipare i dubbi che la tormentavano.

«Ragazza mia, tu finirai per ammalarti seriamente», disse il dottor Mariani dopo averla ascoltata fino in fondo.

Gloria sedeva di fronte alla scrivania del suo ginecologo e aveva già buttato nel cestino alcuni fazzoletti di carta intrisi di lacrime.

«Il tuo problema non è la paternità dei gemelli, ma il bisogno di riallacciare il rapporto con Arconati. E questo problema non posso risolverlo io e neppure uno psicoterapeuta. Ma ti metto in guardia dal confessare una passione, che vivi come una colpa, al tuo Sergio, perché lo faresti soffrire e butteresti alle ortiche un rapporto ultraventennale con un compagno che ti ha dedicato la sua vita», disse il medico. E proseguì: «Dopo di che, la scelta è tua. Ma ricorda che con Sergio e i gemelli formate una famiglia e non si sfascia una famiglia per una passione che non sai neppure come si concluderebbe. Arconati è il frutto proibito che non dovresti cogliere, perché se lo addentassi potrebbe risultare amaro. E, intanto, ci andrebbero di mezzo anche i tuoi gemelli».

«Non voglio che i miei cuccioli soffrano per avere una madre cretina come me. Senza contare che, nel frattempo, lui potrebbe avere un'altra donna», replicò Gloria.

«Appunto. Dunque facciamo così: lascia perdere le goccine per dormire, perché rischiano di diventare una pessima abitudine. Invece prenderai una compressa al giorno di questo farmaco che dovrebbe migliorare il tuo umore. Se da qui a una settimana ti sentirai più serena, ti risparmio la visita di un neurologo. Fidati di questo vecchio stregone che ne ha viste tante, nel corso della vita. E ricorda che, per te, io ci sono sempre», concluse il medico, consegnandole una ricetta prima di congedarla.

Quando tornò nella villetta in via della Sila, incrociò la domestica che puliva e riordinava le stanze.

Si salutarono e la donna disse: «È arrivato poco fa un mazzolino di fiori. L'ho messo in un vaso che ho sistemato sul cassettone del soggiorno».

«Grazie. A domani», replicò Gloria distrattamente, chiedendosi chi mai potesse inviarle un omaggio floreale.

Entrò nel soggiorno. In un piccolo vaso a palla c'era un bouquet composto da violette, fiori d'arancio, fiori di camomilla, lavanda, roselline e gelsomini.

Aprì incuriosita la busta che conteneva un biglietto firmato da Alain Gandolfi e lesse: «Credo che, insieme, lavoreremo bene e al prossimo incontro le offrirò il profumo giusto per lei, estratto da questi fiori, e lo chiamerò *Hirondelle*, perché lei mi ricorda una rondine».

Gloria si lasciò cadere su una poltrona mentre sussurrava stupita: «Non ci posso credere!»

Quel paffuto e irascibile maestro profumiere l'aveva assimilata a una rondine manifestando una percezione identica a quella del dottor Bruno Arconati, che la chiamava «rondinella».

Scoppiò in lacrime, rendendosi conto che, dopo tre anni di lontananza, non riusciva a levarsi dalla mente e dal cuore il medico che aveva salvato la vita a suo padre e che, forse, era il padre dei gemelli.

Carlotta

1

L'anatomopatologo del Policlinico, dopo aver eseguito l'autopsia di Gianni Corbetti, confermò la diagnosi del medico del pronto intervento: l'uomo era deceduto per un'ischemia cerebrale fulminante e, a Carlotta, aveva detto: «Mi creda, avvocatessa, se fosse sopravvissuto, suo marito sarebbe stato un vegetale».

L'impresa di pompe funebri che aveva preso in carico il defunto lo aveva composto nella bara e, dopo aver avvertito Carlotta, l'aveva portato nella cappella mortuaria dove un sacerdote avrebbe officiato una messa funebre.

Carlotta seguiva in auto il carro funebre e, di tanto in tanto, si guardava intorno.

Era una bella giornata di sole di fine settembre. L'aria tiepida accarezzava le cime dei platani che fiancheggiavano i viali della città. Il denso fogliame non riusciva ad assolvere appieno il compito di ripulire con il suo ossigeno tutti i veleni dei gas di scarico. Tuttavia il cielo era trasparente, i vetri dei palazzi e dei negozi che costellavano le strade mandavano barbagli di luce iridescente quando i raggi del sole li colpivano e l'umanità frenetica animava il paesaggio cittadino, indifferente alla scomparsa di un uomo meraviglioso.

Nella cappella mortuaria c'era un silenzio assoluto. Carlotta, i due figli di primo letto e il fratello di Gianni, arrivato da lontano, miracolosamente in tempo per le esequie, erano stati lasciati soli per stringersi intorno alla bara, in un estremo saluto all'uomo che aveva avuto tanta parte nelle loro vite.

Piangevano tutti, tranne lei che posava una mano sul legno lucente del sarcofago, e si sforzava di contenere le lacrime, ma intimamente si stava sgretolando, afflitta da un dolore profondo.

L'uomo che aveva amato pazzamente per cinque meravigliosi anni non c'era più.

Un prete officiò un breve rito funebre e lei ricordò il giorno in cui aveva incontrato Gianni per la prima volta.

Il chirurgo plastico si era presentato nello studio legale Crespi-De Gasperi-Valli, uno dei più prestigiosi della città, con la richiesta di patrocinio per una causa intentata da un transessuale insoddisfatto dall'esito chirurgico di cambio del sesso.

L'anziano professor Crespi, il fondatore dello studio, aveva assegnato la patata bollente alla più brillante dei suoi soci: Carlotta Biffi.

Al loro primo incontro, Carlotta e Gianni si erano

guardati e subito piaciuti. Lei aveva quarant'anni, lui era uno stupendo ragazzo vicino ai cinquanta.

Per tutto il tempo dell'istruttoria e del processo avevano imbrigliato l'attrazione reciproca, confrontandosi solamente sul piano professionale, ma il giorno in cui il giudice del tribunale aveva sollevato il chirurgo da ogni responsabilità e condannato il querelante al pagamento delle spese processuali e al risarcimento dei danni morali, Gianni l'aveva spudoratamente baciata all'uscita dal tribunale e poi le aveva sussurrato: «Desidero far l'amore con te non tanto per festeggiare la vittoria, quanto perché mi piaci da impazzire».

Ora ricordava la loro prima notte d'amore, quando aveva affondato il viso sulla spalla nuda di quel bellissimo uomo, catturata dal profumo della sua pelle.

Fu come se i loro corpi aspettassero da sempre di congiungersi e, nei mesi che seguirono, il desiderio dell'uno per l'altra diventava sempre più incontenibile, fino a quando lei gli aveva detto: «Io ti amo».

Queste tre parole non le aveva mai dette a nessuno dei numerosi amanti che prendeva e lasciava con sovrano distacco.

A quel punto, Gianni si era raggelato e dopo qualche giorno l'aveva chiamata per dirle che la loro storia finiva lì.

Lei aveva riversato la pena dell'umiliazione sulle amiche del cuore. Andreina, Gloria e Maria Sole avevano asciugato le sue lacrime, convenendo con lei che degli uomini non ci si poteva fidare.

Nel volgere di alcune settimane, quando ormai la ferita per l'abbandono si stava richiudendo, Gianni era tornato da lei per spiegarle le ragioni della sua fuga.

«Quando mi hai detto di amarmi, è stato come se, all'improvviso, mi fossi trovato sull'orlo di un precipizio, perché in quel momento ho capito di volerti bene anch'io e questo sentimento era un'emozione nuova. Io ho avuto tante donne, compresa mia moglie, senza essermi mai innamorato di nessuna. Ho avuto paura e ho reagito nel modo peggiore. Ho scoperto l'amore con te, a cinquant'anni. Ed è bello amare, pensare alla mia donna quando lei non c'è e aspettare con trepidazione di rivederla, perché in quel momento la vita si illumina», le aveva detto con la voce incrinata dalla commozione.

Si era separato dalla moglie, la perfida Luisa Belgrado, e i loro figli, Tommaso e Battista, ormai grandi, avevano deciso di stare con lui, nella nuova casa in cui era andato a vivere. Con il sostegno di Carlotta, Gianni aveva scoperto gli inganni della moglie, ricca proprietaria di numerose cliniche private, che aveva tentato di scaricare su di lui la responsabilità di maneggi illeciti. Con il suo aiuto, l'aveva denunciata e la moglie era finita dietro le sbarre con una pesante condanna che stava ancora scontando.

Aveva ottenuto il divorzio in tempi brevissimi e lei e Gianni si erano sposati. Poco dopo, era nata la loro bellissima bambina. Erano troppo felici e, agli dei invidiosi, tanta felicità non era piaciuta. Così ora le avevano sottratto l'uomo della sua vita.

Ricordava tutto questo mentre il feretro che conteneva le spoglie del marito ripartiva verso il luogo della cremazione. Entro pochi giorni, gli addetti alle pompe funebri le avrebbero consegnato un'urna con le sue ceneri.

Con il fratello e i figli di Gianni, Carlotta salì su una limousine diretta verso piazzetta Duse. Durante il tragitto concordarono un necrologio che lei dettò subito per telefono a Giulia, la sua segretaria: «Gianni Corbetti, medico soccorrevole e galantuomo, non è più con noi. A esequie concluse, la moglie Carlotta, i figli Tommaso, Battista e Camilla, e il fratello Giacomo, piangono la sua perdita».

«Carlotta... mio Dio... non sapevo... ora capisco...» prese a balbettare la sua assistente.

«Adesso sai», replicò l'avvocatessa e proseguì: «Rimarrò lontana dallo studio ancora per alcuni giorni. Fai in modo che nessuno mi chiami, perché non voglio parlare con nessuno».

Era un ordine che Giulia avrebbe eseguito.

Poi si rivolse agli altri e disse: «Adesso ho bisogno di coccolare la mia piccola orfanella».

2

Nel bar-tavola calda, non lontano dal palazzo della Tulip Inc., dove Andreina era solita consumare una pausa pranzo veloce, prima di tornare in ufficio quel giorno si sarebbe ritrovata con Gloria e Maria Sole. Le aveva convocate per spiegare le ragioni del lungo silenzio di Carlotta.

All'una di quel mercoledì, il locale era gremito di clienti, lei era riuscita a prenotare un tavolo per tre accanto alla vetrata e si sedette aspettando il loro arrivo.

Aveva già ordinato tre toast farciti con prosciutto e formaggio e tre insalate di finocchi e arance.

Ignorò il brusio dei chiacchiericci e il tintinnio delle stoviglie e vide Gloria scendere da un taxi e avviarsi verso l'ingresso del bar.

Allora ricordò un giorno di alcuni anni prima, quando il virus del Covid non si era ancora manifestato e lei si era incontrata lì con l'amica che voleva dissuaderla dal portare avanti la gravidanza.

Se l'avesse assecondata, ora non avrebbe avuto la sua meravigliosa Viviana che lei definiva «tenera e dolce come una crema pasticciera».

Alzò un braccio per attirare l'attenzione dell'amica che era entrata e si guardava intorno. Gloria la vide e la raggiunse.

Sedette di fronte a lei e le rivolse uno sguardo interrogativo.

«Come te, non so nulla. Dobbiamo aspettare che arrivi Maria Sole», disse Andreina.

«Comunque, da quando mi ha telefonato per dirmi di non chiamare Carlotta, non sto facendo pensieri belli», commentò Gloria.

«E poi, perché proprio di mercoledì? Domani sera ci vedremo comunque al ristorante», ragionò Andreina.

«Adesso sapremo», disse vedendo Maria Sole fare lo slalom fra i tavoli per raggiungerle.

Il cameriere depose sul tavolo i toast fumanti e le insalate, che le donne ignorarono.

Gloria sbottò: «Ti decidi a dire che cosa è successo?»

«Gianni Corbetti è morto», annunciò Maria Sole in un sussurro.

Come, quando, perché? supplicavano gli sguardi delle altre due.

«Vi dico il poco che so, perché dal momento in cui Carlotta mi ha detto che se ne è andato nel sonno per una ischemia cerebrale, mi sono solamente presa cura di Camilla che, pur sapendo che il suo papà è volato in cielo, non ne ha fatto parola con nessuno dei suoi amichetti del nido. Non ne ha parlato neppure con tua figlia», disse rivolta ad Andreina.

«Se lo ha detto ai miei gemelli, non me lo hanno riferito», confermò Gloria.

«Ne ha parlato solo con il mio Michele, perché la prima notte, dopo quella morte improvvisa, io l'ho trascorsa con lui, a casa di Carlotta.»

Maria Sole raccontò quanto era accaduto e le tre amiche, in preda a molti interrogativi che non riuscivano a esternare, tacevano smarrite, mentre i loro toast intristivano nei piatti.

Andreina spezzò il silenzio e, come se parlasse a se stessa, disse: «Io non capisco... Quand'è mancata la mia mamma, voi non avete esitato un attimo a prendere un volo da Milano per arrivare a Porto Cesareo. Mi siete state vicine in quei giorni tanto difficili e la vostra vicinanza mi è stata di grande conforto. Perché, in un momento così tragico, Carlotta rifiuta la nostra presenza?»

«Appunto! Da tanti anni, noi quattro siamo una famiglia e lei ci esclude come se la nostra vicinanza la infastidisse», affermò Gloria.

«Non dovrei essere io, che sono la più giovane, a invitarvi a riflettere», disse Maria Sole. E proseguì: «Carlotta sta vivendo un lutto straziante. Se fosse mancata la sua mamma, ci avrebbe volute accanto perché la sostenessimo in una perdita inevitabile: le mamme, prima o poi ci lasciano. È nell'ordine delle cose e, anche se non ce ne rendiamo conto, siamo preparate da sempre ad accettare questo trapasso. Ma nel caso di Carlotta è mancato, da un momento all'altro, l'uomo della sua vita, incontrato in età matura, che le ha dato anche la piccola Camilla. Era nel pieno della felicità e tutto si aspettava, tranne che di perdere quell'uomo magnifico. Carlotta non ha bisogno della nostra vicinanza, perché deve ancora elaborare fino in fondo quello che le è successo all'improvviso. È stordita, come se le fosse caduto un mattone sulla testa. Ha dovuto per forza avvertire i figli di Gianni e anche il fratello, e si è servita di un necrologio che uscirà sul *Corriere* soltanto domani, per dire a tutti che il dottor Corbetti non c'è più. Adesso capite lo strazio della nostra amica?»

Andreina addentò il suo toast, masticò a fatica il primo boccone e poi commentò: «È freddo, fa schifo».

«La vita fa schifo!» deplorò Gloria. E domandò: «Siamo sicuri che Dio esiste? È inaccettabile che Dio lasci morire quell'uomo meraviglioso che era Gianni Corbetti e lasci vivere e prosperare uomini spregevoli, mafiosi, assassini, ladri impenitenti, sadici e stupratori».

«Gli antichi greci sostenevano che gli Dei invidiosi puniscono gli uomini se sono felici e mia nonna Maria Vittoria disse che Dio non vuole vedere la gente felice, quando il mio amatissimo fratello Filippo si suicidò», sussurrò Maria Sole che, sebbene fosse poco più che trentenne, aveva sperimentato il dolore della perdita fin da ragazza.

L'aveva salvata Mariano, il suo amico d'infanzia, che

l'amava tantissimo. L'aveva perfino sposata e le aveva dato un figlio, il piccolo Michele, tacendo a tutti, anche a se stesso, la sua omosessualità. E, pochi anni prima, il Covid lo aveva colpito e annientato.

«Stai commettendo un grande peccato, quello di blasfemia. Non puoi dire queste brutte cose, te ne rendi conto?» deplorò Andreina rivolta a Gloria.

«Posso anche tacere, ma dico quello che penso. E ora penso che soltanto un Dio crudele poteva prendersi il compagno della nostra Carlotta», insistette Gloria.

In quella dolente pausa pranzo, nessuna delle tre riuscì a mangiare, perché il dolore di Carlotta era il dolore delle sue amiche.

3

C'È un tempo per gioire e un tempo per soffrire, perché la nostra vita è un'alternanza di giorni lieti e altri carichi di mestizia e, nell'intervallo tra gli uni e gli altri, c'è il limbo delizioso della monotonia quotidiana, quella in cui pensi e agisci assecondando i ritmi abituali del lavoro che ti rassicura e degli affetti che ti confortano. Quando sei felice, non ascolti nessuno, tranne il canto della gioia. Quando navighi nel mare burrascoso del dolore, non ascolti nessuno, tranne l'urlo della tua disperazione. Quando tutto si placa e la quotidianità ha di nuovo il sopravvento, allora si affaccia la serenità, che è la condizione indispensabile per un'esistenza attiva e produttiva.

Questo pensava Carlotta, mentre coccolava con dolcezza la sua bambina fino a quando le onde placide del sonno accarezzano entrambe e si addormentano insieme nel grande letto che aveva diviso con Gianni.

Con il trascorrere del tempo, Maria Sole si stava rivelando la più saggia tra loro e continuava ad affiancare a Camilla il suo Michele.

I due si consideravano cugini e stavano insieme volentieri perché Michele, che aveva tre anni più di Camilla, si sentiva importante e sviluppava con lei il suo senso protettivo, mentre la piccola imparava a riporre in lui la sua fiducia, senza contare che li accomunava la mancanza dei loro padri.

Così, come era accaduto nella prima notte dopo la morte di Gianni, Maria Sole trovava il modo di farli dormire nella stessa camera o in casa propria o in quella di Carlotta. Nel frattempo offriva all'amica la possibilità di elaborare in pace il suo lutto.

Erano ormai trascorsi una decina di giorni dal funerale di Gianni e l'avvocatessa non aveva ancora ripreso a lavorare, perché non era pronta ad affrontare gli sguardi mesti dei colleghi.

Al mattino, come sempre, affidava a Kiky il compito di accompagnare la figlia al nido e, al pomeriggio, andava lei stessa a prelevarla.

Quella sera, Maria Sole le disse: «La tua cucciola ha accolto l'invito di Michele a trascorrere la notte a casa mia».

«Mi stai dicendo che stanotte dormirò da sola?» domandò Carlotta.

«Dovresti cominciare a ritrovare le abitudini consuete. Lo so che non sarà facile, ma prima inizi e meglio sarà sia per te sia per lei», replicò l'amica.

Camilla le corse incontro festosa e le domandò: «Questa sera posso stare con zia Sole e Michele?»

«Certo, se è quello che desideri», rispose sua mamma, abbracciandola.

Quella sera si coricò presto, senza cenare. Sentì tutto il peso della sua solitudine e si abbandonò al pianto.

Piangeva perché la sorte le aveva strappato con ferocia l'uomo che aveva amato, privandola di una presenza che le infondeva sicurezza. Da giorni si muoveva barcollando come uno storpio cui viene strappata la stampella che lo aiuta a stare in piedi. Passava da una stanza all'altra nell'appartamento di piazzetta Duse, sperando di trovare Gianni seduto alla scrivania dello studiolo, sulla poltrona del soggiorno, al tavolo della cucina mentre affettava la frutta per una macedonia, nello spogliatoio mentre si liberava della giacca e della cravatta e indossava il cardigan blu, nel salotto mentre armeggiava con lo stereo per ascoltare un brano musicale.

Infine si alzò dal letto, andò in salotto e si sedette affranta sul divanetto. Un refolo d'aria entrò dalla finestra socchiusa e le accarezzò il viso e i capelli. Le sembrò di sentire Gianni dirle: «Perché piangi? Io sono qui, con te. Non ti ho mai lasciata, amore mio. Come potrei? Non devi cercarmi, perché sono nel tuo cuore. Io continuo a vivere dentro di te e non ti lascerò mai sola».

Allora smise di piangere, tornò in camera, si accostò al cassettone deve era collocata l'anfora che conteneva le sue ceneri.

Era un'anfora bellissima in argento dorato. Carlotta la accarezzò e sussurrò: «Amore mio, grazie. Non sei mai stato così mio come lo sei ora che ti porto nel cuore. Ti voglio un bene infinito e so che continuerai a vegliare su di me, sulla nostra piccola Camilla e sui tuoi figli che mi stanno coinvolgendo nelle loro vite e sento ogni giorno di più che sono parte del mio mondo affettivo».

Il cellulare di Carlotta prese a trillare e lei lesse il nome di Tommaso, il figlio più grande di Gianni.

«Ti ho disturbata?» le domandò il giovane.

«Tu e tuo fratello non mi disturbate mai», rispose.

«Battista e io stavamo parlando della nostra situazione economica. Papà se ne è andato senza lasciare un testamento, ma tu sei comunque sua moglie e noi, compresa la nostra sorellina, siamo i suoi eredi. Per fortuna, in tutto questo, nostra madre non c'entra. C'è il suo appartamento, c'è la sua clinica e noi due abbiamo un conto bancario che veniva alimentato da papà. Adesso cosa dobbiamo fare?»

«Hai fatto bene a chiamare», disse Carlotta, uscendo dalla camera da letto. Si diresse verso il soggiorno e ripeté: «Hai fatto bene a chiamare, perché è arrivato il momento di pensare alle questioni pratiche. Io non ho ancora cenato, ma credo che nel frigo ci sia qualcosa di commestibile. Perché non venite qui? Ceniamo insieme e dopo guardiamo i conti di vostro padre».

Fu una lunga serata che i tre trascorsero analizzando la situazione economica di Gianni Corbetti.

Scoprirono che il chirurgo aveva saggiamente investito

il suo denaro in polizze assicurative e in azioni tranquille che non davano grandi profitti ma che, nonostante la recessione e l'inflazione attuale, non avevano subito perdite significative.

Così decisero che la clinica avrebbe continuato l'attività con i collaboratori scelti da Gianni, l'appartamento in cui vivevano sarebbe passato a Tommaso e Battista, e gli investimenti economici sarebbero stati equamente divisi fra i tre figli.

«Il mio cinquanta percento dell'eredità di vostro padre lo destinerò a voi due e a Camilla. Quindi, sempre se siete d'accordo, potremmo rivolgerci a uno dei notai del mio studio legale», concluse l'avvocatessa.

«E dopo, quando avremo sistemato tutte queste pratiche, vorremmo che fosse il tuo studio a occuparsi di tutto, perché ci fidiamo solamente di te. Il nostro ramo materno, come sai, non ci ispira nessuna fiducia», disse Tommaso.

«Possiamo andare nella tua camera e dare una carezza alle ceneri di papà?» domandò Battista.

Carlotta lo abbracciò e abbracciò anche Tommaso.

«Siamo una famiglia», sussurrò lei, stringendo a sé quei bravi ragazzi che, sull'esempio del padre, avrebbero seguito la strada segnata da lui.

A quell'ora, la piccola Camilla era già nel lettino, posto accanto a quello di Michele, nell'appartamento di Maria

Sole che, sentendoli chiacchierare, dischiuse la porta della cameretta per ascoltare quello che si dicevano.

«Lo sai che il mio papà mi chiamava principessa, quando non era ancora volato in cielo?»

«Io dico che continua a chiamarti così, anche se tu non lo senti, perché è troppo lontano», replicò Michele.

«Dici davvero? Il tuo papà come ti chiamava?» s'incuriosì lei.

«Non lo so, perché quando lui è volato in cielo io ero piccolo piccolo e non me lo ricordo proprio. Però adesso c'è Alberto, il fidanzato di mamma. Lui mi chiama brigante, fa la lotta con me e mi fa tanto ridere», rispose il bambino.

«La mia mamma non ce l'ha un fidanzato. Però io ho due fratelli grandi e belli che mi chiamano scimmietta. Anche loro mi fanno ridere.»

Maria Sole richiuse lentamente la porta e si allontanò.

4

C'È un tempo per gioire e un tempo per soffrire. Ma c'è anche un tempo per ricominciare a vivere, si disse Carlotta.

Per la prima volta dalla morte di Gianni si analizzò allo specchio e quasi non riconobbe la sua immagine.

Il volto pallido e smagrito, i capelli raccolti sulla nuca con un elastico, una maglietta bianca che indossava ormai da tre giorni. Che cosa avrebbe pensato di lei suo marito se l'avesse vista in quelle condizioni?

Era una calda mattina d'inizio ottobre e lei era rincasata dopo aver accompagnato Camilla al nido.

Si chiuse nello studio e chiamò Giulia, la sua assistente.

«Lunedì torno in ufficio», le disse.

«Finalmente una buona notizia», replicò lei. Poi le domandò: «Come stai?»

«Ho avuto periodi migliori, ma è arrivato il momento di riprendere in mano la situazione, quindi avverti gli altri del mio ritorno», concluse.

Poi chiamò il negozio del suo parrucchiere. Le rispose Roberta.

«Laura e suo fratello Massimo si chiedevano quando l'avremmo rivista. Ci manca moltissimo», disse la signora addetta al ricevimento.

«Sono conciata da fare schifo. Quindi avrò bisogno di Massimo per rinfrescare il taglio, di Rossella per ravvivare il colore e di Cinzia per una bella pettinata vaporosa. Infine vorrei una accurata manicure e pedicure. Verrei nel primo pomeriggio, se avete tempo per me», concluse tutto d'un fiato.

«Per lei, avvocatessa, abbiamo tutto il tempo necessario», rispose Roberta.

Subito dopo chiamò lo studio del professor Antonino Di Pietro e riuscì a ottenere un appuntamento per il mattino seguente.

Il dermatologo, con il suo magistrale *picotage* a base di vitamine e acido ialuronico, avrebbe rinvigorito le cellule della pelle del viso e del collo, per ritrovare l'abituale luminosità e la dottoressa Tamburiello le avrebbe praticato un *rimage* per tonificare i muscoli del viso.

Doveva ricominciare a prendersi cura di se stessa, anche per la sua Camilla che, lo aveva notato, di tanto in tanto la guardava stupita.

Il domestico bussò alla porta dello studio e quando lei rispose con un sì, aprì un battente e annunciò: «Mi scusi, signora. Di là ci sono i suoi genitori e anche la signora

Patrizia. Mi sono permesso di farli accomodare nel soggiorno e ho offerto loro il caffè. La stanno aspettando».

«Grazie, Kiky. Sei un tesoro», rispose Carlotta che non sapeva se essere contrariata per quell'invasione a sorpresa o lieta perché erano venuti a trovarla.

Il domestico si eclissò e lei si profilò sulla soglia del soggiorno.

Suo padre, sua madre e sua sorella scattarono in piedi vedendola comparire e notarono con dolore il suo viso disfatto.

«Come stai?» le domandò con dolcezza suo padre, abbracciandola.

Carlotta non riuscì a trattenere le lacrime e singhiozzò: «Lo vedi da te che non sto tanto bene».

Sua madre le tese un fazzoletto e, con mano esitante, le diede una carezza.

Patrizia, invece, la guardò con aria di rimprovero e sbottò: «Ti sembra questo il modo di fare? Noi siamo la tua famiglia, tu stai da cani, e si vede, ma ti rinchiudi nella tua fortezza e rifiuti il nostro conforto. Non è che cominci a imitare la mamma?»

«È possibile. Forse ho imparato da lei a tenere per me i miei dolori», le rispose Carlotta, abbracciandola.

«Se io sbaglio, tu non devi imitarmi», brontolò Ermellina tornando a sedere sulla poltrona.

«In ufficio mi dicono che sei a casa e a casa non rispondi al telefono. Perdona questa invasione di campo, ma eravamo e siamo in ansia per te e per Camilla. Dov'è la piccolina?» indagò il padre.

«Non ci hai voluti nemmeno per il funerale di tuo marito. Non sapevamo neppure che fosse morto, lo abbiamo saputo dal giornale. Ti sembra giusto?» insistette ancora la sorella.

«Basta così», sibilò Ermellina. E proseguì: «Adesso ti siedi qui con noi e ci dici tutto».

«Perché dovrei dirvi tutto? Ti sei mai interessata alla mia vita, prima d'ora? Vivo a Milano da venticinque anni, abito in questo appartamento da quindici anni. Quando mai sei venuta a trovarmi? Quando mai hai sentito il bisogno di sapere come vivo, dove vivo, come sto? Mi hai mai chiesto se sono felice? Se sono triste? Da quando ho l'età della ragione, tu hai vissuto segregata in quelle quattro stanze di via Zucchi senza parlare, senza sorridermi, senza dirmi una parola, facendomi sentire quasi colpevole d'essere tua figlia! E adesso che sono rimasta vedova, all'improvviso vuoi sapere tutto di me. Non hai parlato nemmeno quando papà, spinto dalla disperazione, se ne è andato di casa e ha divorziato da te. Nemmeno allora è uscita dalla tua bocca una spiegazione, né dai tuoi occhi una lacrima. E ora, con quale diritto vuoi sapere tutto? Io non ho mai smesso di venire a trovarti, di cercare un dialogo con te, di elemosinare il dono di una tua carezza. Non è mai successo. A volte dubitavo persino che tu fossi mia madre. E adesso piombi qui con la pretesa di voler sapere tutto. Vuoi sapere com'è morto mio marito? È morto nel sonno, per un'ischemia cerebrale. Io l'ho amato moltissimo, a differenza di te che non hai mai amato tuo marito. Ricordo ancora la sera in cui papà disse: 'Io me ne vado. Vado a vivere con un'altra donna che mi vuole bene'. La tua risposta fu: 'Bambine, aiutate vostro padre a portar via le sue cose'. Questi tuoi comportamenti io non li ho mai dimenticati e mi bruciano ancora sulla pelle. Perché ora dovrei raccontarti tutto di me, del mio dolore, delle mie emozioni?» disse Carlotta, d'un fiato.

Madre e figlia si guardavano negli occhi, mentre il padre e la sorella le osservavano muti e allibiti.

A quel punto, Patrizia sussurrò: «Veramente, venendo da te, il nostro intento era quello di dirti che ti siamo vicini, che ti vogliamo bene e che il tuo lutto ci rattrista. Pensa allo sforzo che ha fatto la mamma per schiodarsi dalla sua casa e lasciarsi accompagnare da papà che si rifiutava di incontrare da quasi trent'anni. Perché le fai questo?»

Aveva parlato con dolcezza, accarezzando il viso dolente della sorella.

«Perché all'improvviso si preoccupa del mio dolore per la perdita di mio marito. Ma tutto il dolore che io ho sofferto per la sua aria di distacco, quasi di insofferenza, fin da quando ero bambina, non l'ha mai mossa a compassione. Una volta, una sola volta, mi ha detto che mi voleva bene, ma si vergognava a dirlo. Quale madre si esprime così? Io non ricordo un suo abbraccio, una carezza, un sorriso. Io capisco te, con cui sono sempre andata d'accordo. Capisco papà che è sempre stato molto tenero con noi.

Lei, invece, non la capisco e non la capirò mai», martellò Carlotta.

«Calmati, per favore», le disse il padre, protendendosi verso di lei e prendendo tra le sue una mano della figlia. «Forse la colpa è solo mia che, invece di starvi vicino, ho pensato solamente alla mia serenità e me ne sono andato per rifarmi una vita meno cupa. Però, vostra madre era così bella, e lo è ancora adesso nonostante abbia passato i settant'anni, che ho fatto finta di ignorare il suo carattere aspro e, per tanto tempo, ho sperato che il mio affetto, e il vostro per lei, l'avrebbero addolcita. È stata mia l'idea di venire qui con lei e con tua sorella», dichiarò il padre.

«Caro papà, perdonami. Non so cosa mi abbia preso. Forse, la sofferenza mi ha spinto a dire cose che sarebbe stato meglio tacere. Ma, insomma, nella vita c'è un tempo per la gioia, un tempo per il dolore e anche un tempo per dire la verità. E la verità, cara mamma, è questa: sei stata una frana come moglie e come madre», concluse Carlotta.

«Allora, se questo è il momento della verità, sappi che mi sono sposata con tuo padre solamente perché ero incinta, e l'uomo che amavo non poteva farlo, dal momento che era morto», rivelò Ermellina.

Ermellina

1

Erano gli anni Sessanta. Ermellina e i suoi genitori vivevano in una casa di ringhiera in via Fiori Chiari, a Milano.

In quegli anni, Milano era una città bellissima che rinasceva più libera e spregiudicata dal buio della dittatura fascista e dagli orrori di una guerra che aveva seminato, come tutte le guerre, morte, macerie e miseria.

Su queste macerie nascevano nuovi palazzi sempre più eleganti, si aprivano le prime botteghe del lusso, c'era lavoro per tutti e in questo fermento di attività e libertà, il sogno delle famiglie più modeste era quello di avere una casa di proprietà.

Via Fiori Chiari, nel centro storico più antico, era stata risparmiata dalle bombe forse perché, scherzavano i milanesi, era famosa per le case di tolleranza tanto care agli uomini di ogni condizione sociale.

Nella neonata democrazia italiana, che aveva spazzato via il regno dei Savoia, venne anche eliminato il vergognoso mercato che si praticava nelle cosiddette «case chiuse», ed Ermellina visse la sua infanzia in quella strada dove si respirava il piacere della libertà.

Abitava con i genitori in due stanze di una casa dove tutte le porte erano sempre aperte, dove tutti si conoscevano e si aiutavano a vicenda.

Sua madre era una casalinga, suo padre faceva il muratore e risparmiava soldo su soldo nella prospettiva di riuscire ad acquistare un piccolo appartamento a Monza, dove i prezzi erano inferiori a quelli di Milano e dove vivevano i loro parenti.

Intanto lei cresceva vispa come un grillo e quand'era in prima elementare sua madre la mandava sola a fare la spesa nei negozi che costellavano la via, dove lei acquistava il latte nella bottega della lattaia, il vino nell'osteria che lo vendeva sfuso, il pane bianco appena sfornato dal prestinaio, le uova dal pollivendolo. Il formaggio, che costava poco, sostituiva la carne che veniva messa in tavola solo la domenica.

Ermellina aveva sette anni quando suo padre cadde da un'impalcatura e morì.

Il padrone della ditta, in cui l'uomo aveva lavorato per tanti anni senza avere un libretto di lavoro, si mise una mano sulla coscienza e si adoperò perché la vedova del suo operaio potesse dignitosamente mantenere se stessa e la figlia.

Così lasciarono le due stanze al quarto piano per trasferirsi nella portineria di un'altra casa di ringhiera, sempre nella stessa via. La vedova non aveva alcun affitto da pagare e inoltre riceveva un compenso per il lavoro da portinaia che svolgeva egregiamente.

Arrotondava il magro salario con piccoli lavori di rammendo e cucito, dal momento che in quegli anni nulla veniva buttato e le scarpe sfondate si portavano dal ciabattino che le risuolava, si cambiavano i colli lisi delle camicie, si sostituiva un elastico sfibrato con uno nuovo.

Intanto Ermellina cresceva e, concluse le scuole elementari, prese a frequentare le scuole medie.

Quando ottenne la licenza, aveva quattordici anni e le insegnanti dissero alla madre: «Sua figlia ha le mani d'oro. La mandi a lavorare da una sarta».

Ermellina era sbocciata come un bel fiore e i ragazzi le ronzavano intorno come mosche sul miele.

L'idea di allontanarla da casa per tutto il giorno non entusiasmava la madre a cui premeva di tenerla sotto controllo. Poi si rese conto che la soluzione era a portata di mano, perché al secondo piano dello stesso caseggiato viveva la signorina Vera Vigevani, uno scricciolo di donna tutta pelle e ossa, che faceva la sarta. Aveva sempre avuto una salute precaria e, ora che stava invecchiando, si sentiva sempre più debole. Ermellina avrebbe potuto esserle d'aiuto.

La ragazza entrò con gioia nella grande cucina che fungeva anche da luogo di lavoro e si rese subito utile spazzando il pavimento dai ritagli di tessuti, badando al minestrone che sobbolliva sul fornello elettrico, correndo in merceria a comperare rocchetti di filo da cucito, spilli che si perdevano sempre e non bastavano mai, cerniere lampo e bottoni automatici, piombini da inserire negli orli delle giacche perché cadessero bene, metri di gros-grain per tendere bene il punto vita delle gonne.

La signorina Vera le insegnò a fare le imbastiture, i sopraggitti per unire due lembi di tessuto con punti minuscoli, le asole per allacciare i bottoni.

Imparava presto e bene e ascoltava i racconti della sua maestra che le parlava con ammirazione delle grandi sarte di Milano, degli abiti sfavillanti confezionati nei loro atelier che le signore esibivano alle prime della Scala.

Le sue clienti, invece, erano le donne del quartiere. Quando si presentavano per le prove di un abito, Ermellina era svelta a offrire loro il caffè e, subito dopo, assisteva la sarta porgendole spilli, forbici, telette per i rinforzi. Sapeva quello che serviva alla sarta, senza che le venisse richiesto.

Il sabato sera, quando la signorina Vera le metteva in mano i soldi per il suo lavoro, lei li consegnava con fierezza a sua madre che li accantonava dicendo: «Sono ancora pochi, i nostri risparmi, per comprare un alloggio a Monza. Senza contare che perderei il salario come portinaia».

«Però questo era il desiderio del papà e siccome lui, anche da morto, ci aiuta, vedrai che fra qualche anno ce la faremo», la consolava Ermellina.

«Dovrei parlare con tuo zio Ezio. Magari lui mi trova

una portineria in un palazzo del centro di Monza. Che ne dici?»

«O magari io trovo da lavorare in una sartoria famosa. Mi piacerebbe, perché ci tengo a diventare una brava sarta», replicava la ragazza che, ormai, aveva sedici anni ed era bellissima.

«Assomigli sempre di più a tuo padre, che era un gran bell'uomo», le diceva la madre. E aggiungeva: «La bellezza è un'arma a doppio taglio. Può fare la tua fortuna, ma rivelarsi anche una disgrazia. Lo so che gli uomini ti guardano, ma tu devi tirare dritta per la tua strada, come hai sempre fatto, perché sarà la tua rovina se ti perdi dietro a qualche sfaticato».

Ermellina era alta e slanciata, aveva un incarnato di porcellana, i capelli castano chiaro con riflessi dorati, grandi occhi verdi che brillavano come stelle, un sorriso abbagliante e i lineamenti del viso perfetti.

«Non mi farò prendere per il naso da nessuno, anche perché ciò che mi preme davvero è il mio lavoro», la rassicurava lei, dicendo una mezza verità. Le taceva il desiderio di avere un fidanzato che non fosse solamente bello, ma anche intelligente. Insomma, voleva un uomo importante. Se lei fosse diventata una sarta famosa, come Coco Chanel, avrebbe sicuramente incontrato l'uomo della sua vita.

Quando Ermellina compì diciassette anni, la signorina Vera osservò la sua allieva mentre faceva indossare a una cliente un abitino di seta. Era il primo capo che Ermellina aveva ideato e cucito interamente da sola.

«Me lo sento bene addosso e mi fa sembrare anche più snella», commentò la donna con un sorriso.

«È tutto merito della mia lavorante, perché io sono così piena di acciacchi che non mi reggo in piedi», confessò la signorina Vera.

La cliente pagò con soddisfazione l'importo dovuto e disse: «Adesso, cara signorina Vera, potrà riposarsi un po', perché ha addestrato una brava sostituta e le manderò una mia amica che lavora in banca e cerca un'abile sarta».

Quando la donna andò via, la signorina Vigevani disse alla ragazza: «Questi soldi sono tutti per te. Te li sei guadagnati. Ti lascio anche un mazzo di chiavi di questa casa, perché domani mattina vado in ospedale».

Ermellina la guardò preoccupata. La signorina Vera le rivolse un sorriso mesto e spiegò: «Mi devono operare per un tumore alle ovaie. Sarai tu ad aprire la mia casa alle nostre clienti. Non preoccuparti, perché andrà tutto bene. Ho parlato di te alla mia maestra che è diventata una sarta famosa. È la Romilde Viganò, quella che veste alcune grandi signore di Milano. Ha il suo atelier e l'abitazione in via Santo Spirito. Ti aspetta domattina. Hai ancora tanto da imparare. Se ti assume, un giorno potrai avere una sartoria tutta tua e una clientela importante».

Ermellina non poteva essere più felice, ma tanta felicità era incrinata dalla preoccupazione per la salute di Vera.

2

Romilde Viganò era una signora imponente, con il piglio di un generale di corpo d'armata. Ermellina, di fronte a lei, si sentiva come una scolaretta al cospetto di un esaminatore severo. Già quando aveva varcato l'androne a volta di un antico palazzo che si apriva su un giardino lussureggiante, era stata colta da un tremito che divenne un sussulto quando un portiere in divisa le domandò: «Lei dove vuole andare?»

«Ho un appuntamento con la signora Viganò», rispose balbettando.

«Il suo nome, prego», le ingiunse l'uomo.

«Ermellina Gavazzi.»

«Aspetti qui», ordinò lui ed entrò in una guardiola a vetri, alzò il ricevitore di un telefono e parlò con qualcuno. Poi si affacciò e le chiese: «Perché è qui?»

«Mi manda la signorina Vera Vigevani», rispose, frenando la voglia di andare via di corsa.

Lui tornò a parlare al telefono e dopo uscì dalla guardiola, invitandola a seguirlo.

Chiamò un ascensore, aprì la porta metallica con fregi in ferro battuto e disse: «Secondo piano».

L'interno dell'ascensore in legno chiaro con vetri molati trasparenti disponeva di un divanetto foderato con velluto rosso. La ragazza non osò sedersi e attese che, molto lentamente, la cabina si fermasse.

L'aspettava una ragazza che indossava un camice bianco e le domandò: «Vieni a nome della Vera?»

Ermellina annuì.

Allora la precedette dentro un'anticamera luminosa, tutta specchi e stucchi dorati, e infilò un ampio corridoio con le finestre aperte sul giardino interno, da un lato. Dall'altro, porte spalancate su un salone immenso dove campeggiava un lunghissimo tavolo intorno al quale lavoravano alcune donne, anch'esse in camice bianco, che maneggiavano tessuti bellissimi, li puntavano con gli spilli che sfilavano da un cuscinetto che tenevano annodato a un polso e parlavano sommessamente tra loro.

Ermellina vide una serie di manichini neri allineati lungo una parete, alcuni spogli e altri rivestiti da sete drappeggiate.

Lei seguiva come un cagnolino la sua guida che, arrivata in fondo al corridoio, bussò a una porta e poi si fece di lato, dopo averla aperta, perché la ragazza potesse entrare in una stanza rivestita da scaffalature colme di schedari e da grandi foto in bianco e nero. Ritraevano Romilde Viganò, in camice bianco, accanto a signore della grande borghesia milanese, che indossavano gli abiti della sarta famosa.

Ora, di fronte a lei, Ermellina si sentì smarrita.

«Dunque, tu sei la ragazza che la Vera mi ha raccomandato», esordì, guardandola da capo a piedi. E notò subito lo chemisier di lino blu, stretto in vita da una cintura di pelle verde come i sandaletti bassi che le calzavano i piedi.

La sarta spense la sigaretta che stava fumando dentro un portacenere di cristallo.

«Come ti chiami?»

«Ermellina Gavazzi», rispose intimidita.

«Questo straccetto che indossi l'hai comprato alla Rinascente?» domandò, esaminando lo chemisier con occhio critico.

«L'ho cucito io», replicò in un sussurro, arrossendo di vergogna.

«Semplice, ma ben fatto», annuì la Viganò. «E lo ha tagliato la Vera?»

«L'ho tagliato io», rispose.

«La tua maestra dice che hai talento. Vediamo se è vero», disse ancora la donna, sollevando la sua mole dalla poltrona dietro la scrivania.

Mentre la sarta si avvicinava, sentì l'impulso di scappare, ma rimase immobile e lasciò che esaminasse i particolari del suo abito, le asole e anche le cuciture interne.

Annuendo, Romilde Viganò disse: «Vera ha ragione. Sei brava».

Poi tornò dietro la scrivania, accese un'altra sigaretta e domandò: «Come sta la Vera?»

«È in ospedale.»

«Non è mai stata fortunata, povera donna... Quando la vedi, portale i miei auguri. E adesso veniamo a noi. Quanti anni hai?»

«Ne compirò diciotto.»

«Hai il libretto di lavoro?»

Ermellina scosse il capo.

«Allora facciamo così. Lunedì mattina ti presenti alle otto. La mia première ti assegnerà il lavoro. Sei in prova per una settimana. Se vai bene a lei, vai bene a me. Dopo verrai assunta a libretto, ma prima vorrei sapere se hai un moroso.»

«Per adesso gli uomini non mi interessano. Non ho neanche il tempo per pensarci», rispose.

«Meglio così. Puoi andare», commentò la grande sarta e la congedò.

Ermellina rimpianse la dolcezza della signorina Vera, e le venne il sospetto che la gracile zitella avesse lasciato quella grande sartoria non solo a causa della fatica del lavoro, ma anche perché sull'ambizione era prevalso il bisogno di serenità.

Ma io sono forte e tenace, si disse, e non mi farò spaventare dall'orco feroce.

Raccontò l'incontro con Romilde Viganò alla sua mamma che la ascoltò sorridente e concluse: «Per assumerti, ti assume di sicuro. Spero che ti dia un buon salario, perché non possiamo aspettare a lungo per comprare la nostra casa a Monza. Adesso i prezzi cominciano a salire anche lì e dobbiamo rimpinguare i risparmi che abbiamo sul libretto».

«Allora vado su, in casa della Vera, e mi metto a lavorare, perché oggi vengono due clienti per le prove», disse Ermellina e se ne andò.

Era preoccupata per la sorte della sua maestra.

Sperava con tutta se stessa che i medici le avrebbero estirpato quel brutto tumore che la faceva tanto soffrire. E, mentre cuciva, iniziò a pregare la santa Vergine che la facesse guarire.

La mattina seguente andò all'Istituto dei tumori, in via Venezian, per sapere come stava la sua maestra.

Quando la vide, si rese conto che la sarta stava davvero male.

«Che cosa posso fare per lei?» le domandò accarezzandole i capelli.

«Ascoltami, Ermellina. Nel primo cassetto del mio comò, in camera da letto, c'è una busta indirizzata a te. Dentro troverai un foglio su cui ho scritto che tutto quello che posseggo sarà tuo quando morirò: il mio servizio di piatti di porcellana Ginori, i bicchieri di cristallo di Boemia, i sottobicchieri d'argento, i miei pochi gioielli. La mobilia puoi darla allo stracciaio. Invece l'étagère con le antine di vetro molato, con tutti i ninnoli che contiene, è opera di un grande ebanista del secolo passato. Quella è preziosa e devi tenerla tu. Infine c'è il libretto della banca con tutti i miei risparmi. Prima di venire in ospedale, l'ho intestato a te. Non è una grossa somma, ma servirà alla tua mamma per comprare il piccolo appartamento che le preme tanto.»

«Non mi dica queste cose, signorina Vera. Perché lei guarirà e continueremo a cucire abiti insieme», replicò Ermellina commossa.

Entrò un'infermiera e le disse: «L'orario delle visite è finito da un pezzo. Lei deve andare via, signorina». Poi si rivolse alla malata e soggiunse: «Adesso le faccio una punturina magica che le farà fare un bel sonno tranquillo».

Ermellina uscì dalla stanza, cercò la capoinfermiera e le chiese di poter parlare con il medico che aveva operato Vera.

«È fortunata, perché il dottor Milkovich sta per andare via, ma forse un minuto glielo concede», la informò, mentre bussava al suo studio.

La porta si aprì e lei si trovò di fronte all'uomo più affascinante che avesse mai visto. Alto, biondo, con uno sguardo carezzevole, empatico, indossava un camice immacolato.

«In che cosa posso esserle utile, signorina?» le domandò con un tono di voce simile a una carezza.

Ermellina sgranò su di lui uno sguardo pieno di meraviglia e pensò: È l'uomo che ho sempre sognato, e senza ragione iniziò a piangere.

3

Il giovane medico sapeva, per esperienza, che in un ospedale succede di tutto e i pianti dei parenti degli ammalati erano una manifestazione frequente.

Estrasse dalla tasca un fazzoletto immacolato, glielo tese e disse: «Si asciughi le lacrime e mi racconti quello che le pesa sul cuore».

La fece accomodare su una sedia davanti alla sua scrivania e prese posto su un'altra, di fronte a lei.

Ermellina si asciugò il viso e poi infilò il fazzoletto nella borsa dicendo: «Glielo restituirò dopo che l'avrò lavato».

Il chirurgo osservò incuriosito quella bella ragazza dal viso di porcellana, senza un'ombra di trucco, e desiderò posare un bacio sulle sue labbra che gli evocavano la morbida setosità di un petalo di rosa.

Si alzò, prese la bottiglia dell'acqua, ne versò due dita in un bicchiere e glielo porse.

«Beva», le ordinò.

Ermellina bevve.

«Ora va meglio?» le domandò.

Lei annuì.

«Allora, vuole dirmi la ragione del pianto?» le chiese con gentilezza.

Si vergognò di se stessa perché, sul dolore per la condizione della sua maestra, prevaleva l'emozione dell'incontro con un uomo tanto simile al suo ideale a lungo immaginato.

Abbassò lo sguardo e, sottovoce, disse: «Sono la lavorante della signorina Vigevani che lei ha operato per un tumore alle ovaie. Sta soffrendo molto. Da come l'ho vista e dalle parole che mi ha detto, non mi sembra che ci sia una speranza di guarigione. Mi si spezza il cuore a vederla soffrire così».

L'uomo cercò tra le cartelle cliniche che erano sulla scrivania quella della signorina Vera Vigevani. La scorse velocemente, la richiuse e le domandò: «Vedo che ha lasciato come riferimento il nome di Ermellina Gavazzi. È lei?»

«Sono io. La mia maestra non ha parenti, ma è benvoluta da tutto il caseggiato. Io ho iniziato a lavorare con lei quando avevo quattordici anni e, da allora, ho trascorso con lei tutte le mie giornate, dal mattino alla sera. Per me è come una mamma. Mi ha insegnato tanto e lo ha fatto sempre con dolcezza, perché è una persona dall'animo gentile. È consapevole della gravità del suo male e ha pensato di raccomandarmi a Romilde Viganò, una delle sarte migliori di Milano. Malata com'è, si è preoccupata per il mio futuro. È stato facile volerle bene e adesso sono in pena per lei», spiegò Ermellina.

A quel punto, il chirurgo prese tra le sue una mano della ragazza. Quindi disse: «Mi ascolti. La sua amica sta morendo. L'abbiamo aperta e richiusa, perché ormai il tumore ha metastasi ovunque. Tutto quello che possiamo fare è alleviare la sua sofferenza. Non so se domani vedrà sorgere il sole».

«Io vorrei starle vicina, darle una carezza, farle sentire che non è sola», supplicò lei.

Il dottor Milkovich continuava a stringere tra le sue la mano della ragazza, intanto la osservava, mentre pensava che era la creatura più bella e più sincera che avesse mai incontrato.

«Lei si chiama davvero Ermellina?» le domandò.

«È un nome insolito, lo so.»

«È un nome bellissimo! Richiama il candore dell'ermellino che è un simbolo di purezza. Mi dispiace che stia soffrendo, come mi dispiace la sofferenza di tutti i miei malati. Se lei desidera stare vicino alla sua amica, potrà farlo. Penso io a informare la caposala», garantì.

«Però dovrei avvertire la mia mamma che sarà in ansia non vedendomi rincasare.»

«Può usare il telefono sulla mia scrivania.»

Ermellina parlò con sua madre, le riferì le parole del

chirurgo e le comunicò il suo proposito di non abbandonare la signorina Vera.

«Fai quello che ti dice il tuo cuore. Verrei lì anch'io se potessi lasciare la portineria», replicò la signora Erminia.

«Il mio cuore mi dice di tenerle la mano e parlarle con dolcezza di tante cose belle», disse Ermellina. E soggiunse: «E pregherò la Madonna di non abbandonarla e farla guarire».

Era un bel pomeriggio di fine giugno. Dalle vetrate della stanza, la ragazza vide declinare il sole e il cuore stanco della signorina Vera smise di battere.

Allora la abbracciò e accarezzò il viso pallido e i capelli sfibrati della sua maestra che era come una bambola inanimata.

Alla suora, che era entrata per offrirle una tazza di tè, la ragazza disse: «È finita». E soggiunse: «La mia mamma e io provvederemo al suo funerale».

Il dottor Milkovich entrò nella stanza e lei gli disse: «La mia amica non c'è più. Grazie per avermi lasciata con lei fino alla fine».

«Sei distrutta. Seguimi, ti porto a casa», replicò lui, dandole del tu.

Quando uscirono dall'ospedale e si avviarono verso il parcheggio delle auto Ermellina gli disse: «Grazie per la sua gentilezza». Mentre il suo cuore iniziava ad accelerare i battiti.

«Mi chiamo Andrea e puoi darmi del tu.»

«Come se fossimo amici?» domandò un po' confusa.

«Come se fossimo due persone che si piacciono», precisò lui, sorridendole.

La fece salire su una bellissima Jaguar grigia.

Ermellina era stanca dopo le lunghe ore passate al capezzale della sua povera maestra. Era gonfia di dolore per la sua morte. Era frastornata per la generosità della donna. Negli anni di lavoro insieme, la signorina Vera le aveva dato tutta se stessa: le aveva insegnato ad amare un mestiere difficile, l'aveva intrattenuta con lunghi racconti della sua vita, non le aveva mai fatto pesare i suoi malesseri e, morendo, le aveva lasciato tutto ciò che possedeva. Infine, senza volerlo, le aveva fatto incontrare quel giovane dottore bellissimo e affettuoso dal quale Ermellina desiderava essere confortata. La sua fantasia di ragazza scontrosa non si spingeva oltre, anche perché, a differenza di tante altre amiche di via Fiori Chiari, non era così smaliziata.

Mentre l'auto si dirigeva verso il centro della città, Ermellina avrebbe voluto chiedergli: «Perché le piaccio?» ma non lo fece.

Intanto si domandava come fosse possibile che una ragazza umile come lei, figlia di una portinaia, priva di cultura, potesse piacere a un chirurgo bello e senza dubbio ricco, a giudicare dalla macchina che possedeva.

«Non credo di riuscire a darle del tu. Perché non ci conosciamo e perché lei è una persona importante.»

«Io ti conosco benissimo, perché sei trasparente come l'acqua di un ruscello. Tu sei una brava ragazza. Sei tanto sospettosa quanto generosa. Sono il medico che non è riuscito a guarire la tua amica, ma voglio darti conforto in un momento di dolore. Hai un nome fantastico e sei bella dentro e fuori. E, anche se non me lo dici, so di piacerti anch'io. Dimmi se sbaglio», replicò lui.

Lei arrossì fino alle orecchie, chinò lo sguardo e sussurrò: «Non sbagli».

Oramai erano arrivati in via Brera e lei disse: «Fermati qui. Non voglio che mi vedano scendere dalla tua macchina».

Lui sorrise, annuì e si bloccò. Lasciò il posto di guida e si affrettò ad aprirle la portiera. Poi le tese un cartoncino, dicendole: «È il mio biglietto da visita. Chiamami quando potrai restituirmi il mio fazzoletto».

Risalì in auto e partì sgommando. Ermellina restò imbambolata a guardare la Jaguar che si allontanava.

4

Svoltò in via Fiori Chiari e si ritrovò nella strada popolare, brulicante di gente modesta. Viveva nelle due stanze della portineria e, mentre si moltiplicavano i palazzi con il bagno in ogni appartamento, lei usava la latrina comune nel cortile, come tutti gli abitanti di quelle antiche stradine contorte che si lavavano in cucina, nelle tinozze di zinco, una volta la settimana. Il mondo ovattato della Jaguar distava mille miglia dalla sua realtà che, tutto sommato, le piaceva. Come la soddisfaceva sentirsi un'artigiana con tanta voglia di imparare.

Dalle finestre spalancate sulla via si diffondeva il profumo dei buoni minestroni fatti con una battuta di lardo, tante verdure e un pugno di riso che rappresentavano il piatto principale della sera.

Il dottor Milkovich apparteneva a un altro universo, quello della ricchezza che le piaceva sognare, ma nel quale si sarebbe trovata a disagio.

Ora si avviò verso casa con il cuore stretto per la morte della signorina Vera. Doveva dirlo alla sua mamma. Dovevano preparare il funerale. Doveva liberare la casa, perché entro fine mese avrebbe dovuto consegnare al proprietario del caseggiato le chiavi di quelle due stanze in cui aveva trascorso tre bellissimi anni di preziosi insegnamenti, di parole lievi, di confidenze ingenue.

Disse alla mamma che la signorina Vera Vigevani non c'era più.

«Quella povera anima ha smesso di soffrire. Ma, adesso, il funerale chi glielo fa?» chiese Erminia.

«Noi. L'ospedale ha già avvertito l'impresa di pompe funebri.»

«E chi lo paga?» indagò sua madre.

«Noi. Con i soldi che la signorina Vera mi ha lasciato», esordì e le raccontò ogni cosa.

Il giorno seguente, la bara venne portata nel cortile del palazzo perché gli abitanti di via Fiori Chiari che l'avevano conosciuta potessero renderle omaggio.

Quando il feretro attraversò l'androne per uscire sulla via, una lunga fila di persone si accodò al carro e percorse in silenzio il breve tratto di strada, dove le saracinesche dei negozi erano state abbassate in segno di lutto, fino alla chiesa di San Marco. Il parroco officiò una messa solenne per quell'umile artigiana che aveva condotto una vita irreprensibile, che era stata rispettata da tutti e che tutti avevano amato.

All'uscita dalla basilica, il corteo si disperse e soltanto

alcune delle sue clienti più affezionate si unirono a Ermellina e alla sua mamma per accompagnare la loro amata sarta al cimitero.

Quella sera, madre e figlia cenarono in silenzio. Poi, mentre la ragazza sparecchiava la tavola, la sua mamma si schiarì la voce e domandò: «Allora, adesso che cosa facciamo?»

«Parli dei soldi che la signorina Vera mi ha lasciato?»

«Uniti ai nostri risparmi ci consentono di comperare la casa anche subito», disse la donna.

«Però vorrei tenere qualcosa per me», obiettò Ermellina.

«Ti intesto l'appartamento. Che cosa vuoi più di questo?»

«Una Vespa.»

«Che cosa?»

«Mamma, hai presente quella piccola moto con quelle due ali davanti che impediscono alle gonne di sollevarsi quando una donna che la guida sfreccia veloce come il vento?»

«Non fare la scema! So benissimo che cos'è la Vespa, ma tu non hai ancora diciotto anni e non puoi guidarla.»

«Li compio a settembre e siccome lavorerò a Milano non mi va di prendere il treno tutti i giorni se ci trasferiamo a Monza.»

«Intanto non sei sicura che la Viganò ti prenda nel suo atelier, e poi, credi che a Monza non ci siano delle brave sarte?» obiettò la donna che già tremava al pensiero della figlia che avrebbe lavorato tanto lontana da casa in un mondo che stava cambiando e in cui le giovani scalpitavano per avere la loro libertà.

«Mamma, non voglio discutere di questo. Sul libretto che mi ha lasciato la signorina Vera ci sono tanti soldi. Li do tutti a te, ma vorrei tenermi sessantamila lire per comprare una Vespa. Chiedo troppo? Se il mio papà fosse ancora vivo, non farebbe tutte queste storie», protestò.

Quando la figlia tirava in ballo il padre defunto, la donna taceva subito, perché il marito era un uomo molto intelligente e avveduto e avrebbe saputo come comportarsi con Ermellina. Fino a quel momento, lei era cresciuta bene e non le aveva mai dato motivi di preoccupazione.

Così disse: «Va bene. Ti lascerò sul libretto i soldi per la Vespa. Poi si vedrà».

Notò, tra la biancheria da lavare, un fazzoletto da uomo di un cotone finissimo. In uno degli angoli erano ricamate due iniziali: AM.

Il piccolo mistero fu chiarito da Ermellina, quando rincasò dalla sua prima giornata di lavoro nel laboratorio della Viganò.

«Me l'ha prestato il chirurgo che ha inutilmente operato la povera Vera. Io piangevo e lui me lo ha dato per asciugare le lacrime. Si chiama Andrea Milkovich e dovrò restituirglielo. Stiralo bene, per favore», spiegò arrossendo.

E quel rossore a sua madre non piacque. Tanto che, invece di indagare sul nuovo lavoro nella grande sartoria, domandò: «Che tipo è questo dottore?»

«Non è uno di quei dottori arroganti che se la tirano. È molto umano e ha capito il mio attaccamento per la signorina Vera, tanto che mi ha lasciato stare accanto al suo letto per tutto il giorno e poi, quando è morta, mi ha riaccompagnato con la sua macchina fino in via Brera», raccontò Ermellina.

«Ho capito», sussurrò pensosa sua madre e subito le domandò: «Andrai in ospedale per restituirgli il suo fazzoletto?»

«Certo. Lo metterò in una busta a suo nome e lo affiderò alla caposala del suo reparto», spiegò tranquilla.

«Sarà così», replicò Erminia con tono dubbioso.

«Perché non mi domandi com'è andato il mio primo giorno di lavoro dalla Viganò?» la stuzzicò Ermellina.

«Sono sicura che è andato tutto bene», tagliò corto la donna.

«Non è proprio così. La première mi stava addosso come un mastino e mi ha fatto rifare tre volte la stessa imbastitura, perché i punti non erano abbastanza morbidi. Io ero nervosa e mi tremavano le mani. Non so se, alla fine della prova, mi confermeranno.»

Quando finirono di cenare, Ermellina aspettò che sua madre uscisse sulla via a chiacchierare con le altre donne e telefonò al dottor Milkovich.

Le rispose il residence *Regina Sofia*.

«Cerco il dottor Milkovich», disse.

Subito dopo lui le rispose.

«Sono Ermellina», si annunciò.

«Ho riconosciuto la tua voce.»

«Domani vado nel tuo reparto e lascio alla caposala una busta con il tuo fazzoletto.»

«Non erano questi gli accordi», le ricordò lui.

«Lo so, ma è meglio così», tagliò corto la ragazza.

«Non è meglio così. Io ho voglia di rivederti e ne hai voglia anche tu», replicò il medico.

5

Si incontrarono in un bar, in corso di Porta Nuova, non lontano dal residence.

Dall'atelier di via Santo Spirito, Ermellina aveva preso un tram che, in poche fermate, l'aveva portata vicinissima al luogo dell'appuntamento.

«Non sapevo che vivessi in albergo», esordì lei, curiosa, nel tentativo di dominare l'emozione dell'incontro.

Aveva raccolto i capelli sulla nuca, annodandoli con un foulard di chiffon legato a formare un fiocco.

Indossava un abitino color turchese senza maniche e con la gonna scampanata. Era il primo abito che aveva confezionato lei stessa, un anno prima, con l'aiuto della signorina Vera.

Sedettero a un tavolino del bar e, guardandola con ammirazione, lui le disse: «Sei bella».

«Anche tu sei niente male», replicò Ermellina con fare scherzoso.

E poiché l'uomo continuava a guardarla, senza parlare, ripeté: «Perché vivi in albergo?»

«Non è un albergo, è un residence e ho in affitto un piccolo appartamento.»

«Tu sai tutto di me, ma io non so niente di te», osservò lei.

«Perché c'è poco da sapere. La mia casa è a Novara. Torno lì ogni fine settimana, perché lì c'è la mia famiglia. A Milano, dove ho studiato e dove lavoro, trascorro la maggior parte del mio tempo. Nasco in una famiglia di medici. Mia madre è ginecologa, figlia di un ginecologo. Mio padre, come me, è un oncologo. Lui lavora a Novara, io ho scelto la carriera ospedaliera a Milano, perché questa città mi piace e, un giorno, potrei decidere di venire a vivere proprio qui. Ho molti più anni di te, quattordici, per l'esattezza, ma mi considero ancora un ragazzo. Mi piace il mio lavoro e mi piaci tu. C'è altro che vuoi sapere?»

«Perché ti piaccio?» si decise a domandare.

«Perché credo che tu ami le persone. Ti ho vista soffrire per quell'anziana amica che chiami la tua maestra. E ami il tuo lavoro. Conosco tante ragazze un po' frivole che non sanno impegnarsi in niente e pensano solo a loro stesse. Tu non sei frivola e ti preoccupi per gli altri. Sei la ragazza che ogni uomo vorrebbe per sé. Io ti voglio per me.»

Ermellina, stordita da tutti quei complimenti, sentì un pizzicorino tra cuore e mente, desiderò essere accarezzata da quel giovane medico biondo e bello, ma percepì questa attrazione come una debolezza, e lo sfidò.

«Quante altre belle ragazze hai corteggiato nei corridoi del tuo ospedale?» gli domandò.

«Tante», rispose lui, sorridendole.

«E dopo, che cosa succede?»

Stavano sorseggiando un aperitivo analcolico e le loro parole erano un bisbiglio tra le chiacchiere a voce alta e le risate di altri avventori.

«Dopo facciamo l'amore», disse lui, continuando a sorridere.

Era esattamente quello che avrebbe voluto anche lei, un po' per desiderio, un po' per curiosità. Pensò a sua madre, che la osservava di tanto in tanto con aria sospettosa. Si alzò di scatto e disse: «Devo andare subito a casa».

Lui, colto alla sprovvista, la vide fare lo slalom fra i tavoli e avviarsi verso l'uscita del bar. Lasciò sul tavolo una banconota e la inseguì.

La raggiunse quando lei era già sulla strada, la agguantò per un braccio e le disse: «Ermellina, stavo scherzando. Non volevo farti scappare».

Lei si strattonò dalla sua presa e sibilò: «Lasciami perdere. Devo tornare subito a casa».

Poi si mise a correre. Lui la inseguì, la bloccò, la prese tra le braccia e la baciò.

Erano in prossimità della fermata del tram. Lei sentì lo sferragliare delle ruote sui binari e quello stridore metallico fu la colonna sonora del primo bacio tra lei e il chirurgo. Si allontanò da lui e salì sulla vettura nel momento in cui si stavano chiudendo le porte.

Era affannata, sentiva il cuore in gola e si calmò solamente quando scese in piazza della Scala e infilò via Verdi per tornare a casa. Intanto rifletteva sui suoi sentimenti e si diceva che non aveva fatto niente di male. Pensava: Ho quasi diciott'anni, non mi sono mai comportata da sciacquetta, ho incontrato un uomo che mi piace e non c'è niente di male se desidero stare con lui. Ma se non c'è niente di male, perché temo il giudizio di mia madre? Non sarebbe più semplice se gliene parlassi?

Doveva, però, fare i conti con una vocina interiore che le diceva: «Andrea Milkovich non fa per te. Tu sei solamente una ragazza del popolo, ti troveresti a disagio tra la gente 'bene' che ha un linguaggio e un comportamento che ti sono estranei. Un uomo come lui, anche se ti corteggia, lo fa per un capriccio. Lui ha solamente voglia di sedurti e, quando avrà soddisfatto i suoi desideri, che sono anche i tuoi, se ne andrà e ti ritroverai umiliata e sola».

E si disse ancora: Devo soffocare questa attrazione insensata a costo di morire per asfissia. Ma non è giusto! Perché sono nata povera? Perché lui è nato ricco?

Era arrivata a casa. Spalancò la porta della portineria. Sua madre stava riempiendo i loro piatti con il minestrone fumante e lei urlò: «Stasera non rivolgermi la parola, perché sono furiosa».

«Oh Madonna santa, che cosa ti è successo?» trasecolò la portinaia.

«Ti ho detto di non rivolgermi la parola!»

«Ho capito, la Viganò ti lascia a casa», replicò sua madre.

«Ma che cosa hai capito? Tu hai in mente solo il lavoro, perché senza quello come campiamo? Io voglio sapere perché non ho potuto studiare, perché non ho mai fatto una vacanza al mare, perché devo andare al cesso in fondo al cortile, perché non sono mai entrata in un cinema di prima visione, perché in inverno non sono mai andata in montagna a sciare, perché sono nata povera. Perché i ricchi possono permettersi tutto, anche di usare le ragazze povere per soddisfare i loro capricci e le ragazze povere devono solo vergognarsi e tacere. Perché?»

Sua madre calò una mano sulla tovaglia di plastica a fiori e urlò a sua volta: «Adesso basta! Chi si è permesso di fare i suoi comodi con te? Perché se qualcuno l'ha fatto, vuol dire che tu glielo hai permesso».

Ermellina batté le mani con un sorriso rabbioso e riprese a gridare: «Brava, bene, bis! Eccola qua la portinaia pronta a scusare il ricco e a puntare il dito accusatore contro il povero. Tu hai la segatura al posto del cervello. Leggi *Grand Hotel* e *Annabella*, guardi le foto della Soraya e della Bardot e dici: 'Ma come sono belle! Ma che bel vestito indossa la Fabiola del Belgio! Che bella la pettinatura della Marella Agnelli!' Vedi la vita dei ricchi sulle pagine dei giornali e sei felice così. Io non sono felice così! Questa non è democrazia, è dittatura».

«Oh santa Madonna, adesso mi sei diventata comunista.

Chi ti ha messo in testa queste cavolate? Se non fosse per il nostro padrone di casa che mi dà un salario e queste stanze in cui vivi anche tu, dopo la morte di tuo padre vivremmo di carità», la rimproverò sua madre.

«Se non fosse per il padrone di casa, che massacra di lavoro i suoi operai, mio padre non sarebbe morto. E se non fosse per la povera signorina Vera, non avremmo i soldi per acquistare una casa tutta nostra, perché il povero aiuta il povero, ma il ricco aiuta solo se stesso», replicò Ermellina.

«È proprio così: ho una figlia comunista», deplorò la donna.

Ermellina aveva le lacrime agli occhi quando replicò: «Hai solamente una figlia che non accetta le disparità sociali. E adesso mangia la tua minestra. Io non ho fame e ho due vestiti da finire. Vado nell'altra stanza a lavorare».

6

SEDEVANO, rigide e silenziose, sulla panca di legno lucido di un vagone del treno che, dalla Stazione Centrale di Milano, le avrebbe portate a Monza dove le aspettava lo zio Ezio che le avrebbe accompagnate dal notaio Arioli per firmare l'acquisto di un appartamento all'ultimo piano di un bel palazzo degli anni Trenta, dotato di ascensore, in pieno centro.

Era in vendita da un anno, ma sembrava che gli acquirenti preferissero case più decentrate, di nuova costruzione. Per questa ragione, il prezzo si era ridotto notevolmente.

Erano le otto di un sabato mattina d'inizio luglio e c'erano pochi passeggeri sulla loro vettura.

«Dammi una pasticca del Re Sole», disse Ermellina alla mamma.

La donna aprì la borsetta, pescò una scatoletta metallica, la aprì e la porse alla figlia che prese una minuscola pallina nera, se la mise sulla lingua e richiuse le labbra, assaporando il gusto forte della liquirizia.

«Sono contenta che la Viganò ti ha confermato il lavoro e ti dà un buon salario», sussurrò la donna, orgogliosa.

«Si chiama stipendio, non salario», la corresse Ermellina.

«Salario... stipendio... sempre soldi sono. Ma tu non sembri soddisfatta. Al tuo posto, io avrei fatto i salti di gioia», commentò Erminia.

«Ricevo il giusto per il lavoro che faccio», replicò lei.

«Sei la solita comunista. Dovresti baciare la terra dove cammina la tua padrona.»

«Solo io sono padrona di me stessa. La Viganò è soltanto la datrice di lavoro. Che poi, a pensarci bene, sono io che do a lei il mio lavoro», precisò sua figlia.

«Vorrei proprio sapere chi ti mette in testa queste idee. Ma non lo saprò mai, perché sei più chiusa di un'ostrica. Non eri così quando lavoravi dalla signorina Vera. Sei cambiata da quando quella santa donna è tornata al Creatore.»

La ragazza sbuffò alzando gli occhi al cielo e disse: «Preparati, perché stiamo arrivando in stazione».

Sotto la pensilina c'era lo zio Ezio, il fratello minore di suo padre.

Ermellina lo abbracciò con affetto, perché era l'unico parente del ramo paterno che di tanto in tanto passava in via Fiori Chiari a scambiare due parole e le portava sempre un pensierino.

Lo zio era messo comunale ed era sempre in giro a consegnare notifiche agli abitanti di Monza. Sapeva i fatti di tante persone ed era stato lui a segnalare alla cognata quell'appartamento in vendita che, le aveva detto, era un vero affare.

«Abbiamo ancora un'ora di tempo prima di andare dal notaio. Così vi faccio vedere la casa, da fuori perché non ho le chiavi per entrare. Ma prima vi offro il caffè al bar della stazione», disse piazzandosi tra madre e figlia e prendendole sottobraccio.

Il caffè era pessimo, ma le chiacchiere dello zio erano colorite e gradevoli.

Dopo, si infilarono dentro la Fiat Cinquecento di Ezio e arrivarono in centro. Lui parcheggiò in via Zucchi, di fronte a un palazzo che aveva un'impronta signorile.

«Bello!» esclamò Ermellina.

«E anche ben tenuto. Ma non fatevi illusioni, perché l'appartamento che acquistate ha bisogno di essere ristrutturato. Comunque, io e mio figlio vi daremo una mano con i lavori, così risparmiate», le informò. E proseguì: «E adesso andiamo a piedi dal notaio, perché lo studio è proprio girato l'angolo, in via Appiani».

Ci volle più di un'ora per sbrigare le pratiche, ascoltare la lettura degli atti e apporre un'infinità di firme.

«Adesso ci resta ben poco sul libretto di risparmio. E quel poco Ermellina lo reclama per comperare una Vespa», brontolò Erminia.

«È un suo diritto, visto che la somma maggiore per l'acquisto della casa è venuta proprio da lei», osservò lo zio, mentre stavano salendo sulla Cinquecento per tornare alla stazione.

«Non è solamente un capriccio. Fra due mesi compio diciott'anni e posso guidare un motorino. Arriverei più velocemente a Milano», spiegò Ermellina.

«Gli incidenti con le moto sono frequenti. La tua mamma non ha tutti i torti. Ti faccio una proposta: ti vendo la mia Cinquecento, che ha già qualche anno di vita, e tu mi dai la metà di quello che spenderesti per comperare una Vespa nuova. Dentro un'auto, se piove sei al coperto, se fa freddo ti riscaldi. Io voglio comperare la Millecento. In settembre prendi la patente di guida e questa auto, che è un gioiellino, sarà tua. Non ti sembra una bella idea?»

La ragazza gli regalò un bel sorriso.

«Allora, affare fatto?» domandò lo zio, tendendole la mano.

«Affare fatto», disse lei stringendogliela.

«E io? Nessuno mi chiede se sono d'accordo? Io, che sono la madre, conto come il due di briscola?» protestò la donna.

«Erminia, i tempi sono cambiati», le disse il cognato.

«Sì, purtroppo!» sospirò la donna.

«Ermellina è una brava ragazza, è responsabile e volonterosa. Il mio povero fratello sarebbe orgoglioso di lei», la spalleggiò lo zio, riaccompagnandole a prendere il treno per Milano.

Arrivate alla Stazione Centrale presero il tram. Ermellina scese in via Manzoni per andare all'atelier e recuperare il lavoro che non aveva fatto la mattina, mentre la mamma sarebbe scesa in piazza della Scala per tornare a casa.

Nel laboratorio trovò solamente la signora Viganò, perché le altre dipendenti, il sabato, avevano il pomeriggio libero.

«Sei arrivata presto. Hai mangiato?» le domandò la sarta.

«No, non ho fame. Devo disfare lo sbieco della gonna della signora Invernizzi, perché ieri sera, mettendola sul manichino, mi sono accorta che non cadeva bene», disse Ermellina.

Su un altro manichino era stato infilato un abito bellissimo in taffetà di seta blu notte e la sarta lo osservava perplessa.

Mentre si abbottonava il camice bianco, Ermellina le domandò: «C'è qualcosa che non la convince?»

«Già. Che cosa vedi che non ti soddisfa?»

«Il ramage di strass e paillettes. Mi sembra povero.»

«Non ti sfugge nulla. Eppure i ricamatori hanno seguito il disegno che gli avevamo portato», disse la Viganò, confrontando il bozzetto su un cartoncino, che teneva in mano, con il ricamo realizzato.

Il magnifico abito da sera era ravvivato da luccicanti strass blu che partivano dal punto vita e risalivano verso il seno allargandosi.

Ermellina studiò il disegno del corpetto, lo affiancò a quello realizzato e disse: «Ecco qua, signora. Proprio dove gli strass dovevano disegnare una curva, il ricamo non è stato fatto. Mancano ben cinque rami per ogni seno».

«È sabato pomeriggio e non c'è tempo di portarlo fino a

Vimercate da quei deficienti dei ricamatori perché completino i ramage. E la Valentina Cortese ha bisogno dell'abito entro lunedì. Irresponsabili e deficienti! Adesso che cosa faccio? Un abito così bello rovinato per colpa di quei cretini!» urlò con il suo vocione che faceva tremare i vetri delle finestre.

«Non si arrabbi, signora. Se permette, il ricamo glielo completo io», disse la ragazza.

«Ma fammi il piacere! Tu sei una sarta, non una ricamatrice. Questo è un lavoro che possono fare solo i ricamatori.»

Ermellina sfilò l'abito da sera dal manichino, lo posò sul tavolo e disse: «La signorina Vera mi aveva insegnato anche questo lavoro e, se lei mi dà fiducia, scucio la fodera del corpetto e completo il ricamo, sempre che ci siano gli strass avanzati».

Finalmente la sarta si placò.

«Non farmi pentire d'avere acconsentito. Io scucio la fodera e tu prepari aghi, filo e gli strass li trovi nel terzo cassetto a sinistra dello scaffale.»

Imbruniva quando la ragazza le mostrò il lavoro finito. La sarta lo osservò con molta attenzione.

«Sei stata veramente brava e mi hai salvato la vita. Adesso vai a casa, a ricucire il corpetto ci penso io.»

Ermellina uscì volando dal portone del palazzo di via Santo Spirito e, sul marciapiede di fronte, trovò il dottor Andrea Milkovich.

«Ti stavo aspettando», le disse.

7

Ermellina aveva avuto una giornata pazzesca. Sua madre l'aveva svegliata alle sei del mattino perché l'aiutasse a riordinare la portineria. Alle otto avevano preso il treno per andare a Monza e avevano acquistato un appartamento che doveva essere ristrutturato. Sapeva che per alcuni mesi le sue domeniche le avrebbe trascorse in quelle stanze a ripulire i muri dalle vecchie tappezzerie strappate, imbiancarli, dare un aiuto allo zio Ezio e a suo figlio, che erano abilissimi nei lavori idraulici e, come lei e sua madre, avrebbero dedicato le loro domeniche a installare i sanitari nuovi e a sistemare gli impianti elettrici.

Poi era tornata a Milano ed era corsa in sartoria dove aveva passato l'intero pomeriggio a lavorare con la Viganò che, bontà sua, le aveva offerto un tè con una fetta di torta. La grande sarta l'aveva lodata, dicendole: «Ho fatto un buon affare ad assumerti». E lei si era inorgoglita.

Nel pomeriggio aveva telefonato a sua madre per avvertirla che sarebbe rincasata tardi. Ed era felice, perché il lavoro le dava gioia e le faceva dimenticare l'attrazione insensata per il giovane, affascinante medico che l'aveva baciata, comunicandole la sensazione di un piacere travolgente.

«Le brave ragazze arrivano vergini all'altare, perché l'uomo, se ti ha goduta prima, dopo ti pianta in asso e, se non sei più vergine, non trovi più un altro che ti sposa», le diceva sua madre.

Glielo diceva anche la signorina Vera e lei sapeva che le due donne avevano ragione.

Nel suo caseggiato c'erano due ragazze madri ed erano guardate da tutti con un senso di pietà. Lei non voleva finire come quelle poverette.

I segreti dell'amore erano considerati leciti solamente se la donna aveva la fede all'anulare.

Questi «segreti» la incuriosivano e la spaventavano.

Lei aveva incontrato il suo principe azzurro, bello, intelligente e colto, che tuttavia non si sarebbe accontentato di baciarla.

Ora era lì, di fronte a lei, che sorrideva.

Ermellina si bloccò impietrita. Il dottor Milkovich le si avvicinò e disse: «Finalmente ti vedo!»

«Come hai fatto a trovarmi?» gli domandò sorpresa e confusa.

«Mi avevi detto che lavoravi dalla Viganò. Stamattina, prima di partire per Novara, ho telefonato in sartoria e qualcuno mi ha detto che ti avrei trovata solo nel pomeriggio. Quindi non sono partito e ti sto aspettando da due ore», le spiegò.

«Che cosa vuoi da me?» gli domandò sospettosa.

Lui rispose: «Tutto e niente. Non ci conosciamo ancora abbastanza, ma tu ti sei infilata sotto la mia pelle come un ago che a tratti mi punge e talvolta mi fa il solletico. Penso che dovremmo conoscerci un po'. Io vorrei sapere tante cose di te, qual è la stagione che ami di più, se preferisci i bignè alla crema o le crostate con la marmellata, qual è il tuo colore preferito, se il vento ti irrita o ti dà allegria, se ascolti i Beatles o preferisci i tangacci di Milva, quali romanzi leggi, quali spettacoli ti divertono. Insomma, mi incuriosisci... La vita che trascorro per la maggior parte in ospedale, a contatto con le sofferenze di tante povere persone, qualche volta mi regala il piacere di vederle guarire, più spesso, le vedo morire. Poi, un giorno, nel mio studio, la vita mi ha offerto un pacco-sorpresa. L'ho aperto con cautela e ho visto che conteneva una bellissima ragazza di nome Ermellina che soffriva perché stava perdendo la sua maestra. Ermellina è una creatura sensibile, intelligente, orgogliosa, ma è tanto altro ancora. Toglimi questo ago che mi hai infilato sotto la pelle e lasciati amare».

Lei lo ascoltò sbalordita e un po' lusingata dall'interesse che quel giovane chirurgo le dimostrava.

«Credo che tu sia troppo intelligente per sprecare il tuo tempo con me. Sono una popolana ignorante che ascolta i dischi delle opere liriche che piacevano tanto al mio papà.

Mentre tu mi guardi e mi parli, io vedo le ombre del dolore di troppe fanciulle povere e sognatrici che si lasciano sedurre dal principe azzurro dei loro sogni e finiscono abbandonate con un figlio in grembo. Quindi, anche se mi costa dirtelo, esci dalla mia vita, perché io non so fino a quando avrò la forza di respingerti. Preferisco soffrire adesso, piuttosto che rovinarmi la vita più tardi», replicò Ermellina, ed era sul punto di piangere.

C'erano pochi passanti in quel sabato sera d'inizio luglio. Ma quei pochi guardavano incuriositi quella coppia di bellissimi giovani che discutevano guardandosi negli occhi.

Il medico se ne avvide e le disse: «Stiamo dando spettacolo. Perché non saliamo in macchina?»

La sua auto era parcheggiata accanto al marciapiede e lui aprì la portiera perché Ermellina potesse entrare e sedersi.

«Grazie, no. Mia madre si starà preoccupando perché non mi vede rincasare», disse lei.

Lui si infilò nell'auto, prelevò un fascio di rose che erano posate sul sedile posteriore e glielo porse.

«Per te.» E soggiunse: «Sono candide come il tuo nome e come te».

Quello era il primo omaggio floreale che riceveva da un uomo. Si commosse, mentre affondava il viso nelle turgide corolle per aspirarne il profumo.

«Per me?» domandò incredula.

«Vorrei essere un sarto per cucirti addosso un abito di rose bianche come queste», rispose lui.

«Certo che, con le tue chiacchiere, tu saresti capace di far crollare la muraglia cinese», constatò lei.

Il medico sbottò in una bella risata e, d'impulso, la abbracciò dicendo: «Sei forte, Ermellina, e io ti adoro».

«Che cosa dirò alla mia mamma? Non crederà mai che possa averle comperate io. E non mi piace mentire. Per favore, portami in San Marco. Voglio mettere le tue rose sull'altare della Madonna. Un po' mi dispiace, perché vorrei godermele, ma la Beata Vergine apprezzerà il mio sacrificio e mi aiuterà a non cedere alle voglie del serpente tentatore, che sei tu, e a quelle dell'agnello sacrificale, che sono io», disse con grande serietà, mentre sedeva in auto accanto ad Andrea Milkovich che, ancora una volta, sbottò a ridere, affermando: «Ermellina, sei unica, non esiste un'altra ragazza come te».

«Vorrei ben vedere! Io sono Ermellina Gavazzi, fiera delle mie origini, del lavoro che sto imparando nella migliore sartoria di Milano e della curiosità che ho suscitato in un Casanova come te», disse con allegria.

Andrea accese il motore, tolse il freno a mano, innestò la prima e la Jaguar si mosse.

In pochi minuti arrivarono in piazza San Marco.

Mentre lei stava per scendere, lui la bloccò e le sussurrò in un orecchio: «Adesso posso darti un piccolo bacio?»

Era tutto quello che anche lei desiderava. Fu un bacio lungo, appassionato e a Ermellina sembrò d'aver messo le ali e di volare verso il Paradiso.

8

La domenica mattina, Ermellina e sua madre arrivarono a Monza in via Zucchi, con due borse piene di stracci, detersivi e vettovaglie.

L'appartamento sembrava un cantiere. Il lavello della cucina e i sanitari del bagno erano già stati divelti e nell'ingresso erano allineati quelli nuovi. C'erano sacchi colmi di macerie sul pianerottolo e lo zio Ezio fischiettava inerpicato su una scala, mentre strappava dai muri le vecchie tappezzerie di carta. Suo figlio Luciano e un altro giovanotto, che Ermellina e sua madre non conoscevano, armati di metro e taccuino, prendevano le misure nella stanza da bagno.

«Lui è Gino Biffi», lo presentò Luciano e spiegò: «Lavora nell'ufficio urbanistica del Comune. È venuto a darci una mano».

Gino aveva il viso e i capelli impolverati di calcinacci. Andò incontro alle due donne schiudendo le labbra in un sorriso raggiante e disse: «Ezio aveva bisogno di una mano e io lo aiuto come posso, anche perché aggiustare le cose mi piace, soprattutto dopo una settimana passata a sbrigare pratiche dietro a una scrivania».

Intanto guardava di sottecchi Ermellina che era davvero una ragazza notevole.

Erminia rispose: «Ho portato una bottiglia di tè fresco. E qui ci sono i bicchieri».

A mezzogiorno si ripulirono al meglio e scesero in cortile a mangiare panini imbottiti con frittata e prosciutto.

Durante la pausa, pianificarono l'andamento dei lavori.

«Come potrò ripagarvi per tutto quello che state facendo?» domandò Erminia.

«Con un bel pranzo quando l'appartamento diventerà abitabile», suggerì Gino.

«Purtroppo possiamo lavorare soltanto il sabato pomeriggio e la domenica. Ma non devi preoccuparti, perché a settembre potrai fare il trasloco», disse Ezio alla cognata.

«Siamo sicuri?» domandò Ermellina.

«Di sicuro c'è solo la nostra buona volontà. Io ho un mese di ferie che volevo passare in montagna, ma le accorcio di due settimane e non andrò per i boschi della Val Seriana se prima non avrò finito questo appartamento che è molto bello e lei, signorina, vivrà in una casa accogliente», replicò il giovane, sorridendole con tenerezza.

Ermellina lo guardò incuriosita, perché Gino Biffi le trasmetteva un senso di sicurezza.

Quando scese la sera, e le due donne ripresero il treno per Milano, erano stremate.

«Ti sei accorta che il geometra del Comune ti ha messo gli occhi addosso?» le domandò sua madre una volta che furono sedute nel vagone di seconda classe.

«Forse, ma non mi interessa», rispose Ermellina, la mente rivolta all'affascinante medico che, la sera prima, l'aveva stordita di parole e, baciandola, aveva fatto scaturire desideri celestiali.

Non sapeva neppure se l'avrebbe rivisto, né quando. La ragione le ingiungeva di levarselo dalla mente, ma le sue viscere la spingevano a lasciarsi travolgere dal desiderio di averlo accanto.

«Ormai hai un'età in cui potresti guardarti intorno per trovare un bravo ragazzo. Io ho incontrato il tuo papà quando avevo diciotto anni. Lui era un carpentiere edile e guadagnava bene, perché aveva la responsabilità di una squadra di muratori. Poi c'è stata la guerra e lui è andato a combattere. Abitava in via Fiori Chiari con altri due colleghi. Ci siamo conosciuti alla Fiera Campionaria...» prese a dire sua madre.

«Mamma, la so a memoria questa storia. Come so che avevi lasciato Monza per venire a vivere con lui in via Fiori Chiari. So che lavoravi come magazziniera in una casa farmaceutica, che avevi imparato a fare le iniezioni e, quando ti sei sposata, per raggranellare un po' di spiccioli, facevi le punture a tutte le abitanti della via. Per adesso, a me piace fare la sarta. E se incontrassi qualcuno che mi piace, non te lo direi, perché ti impicci sempre delle mie cose», replicò lei, irritata.

«Vorrei sapere da chi hai preso questo brutto carattere. Io ho il dovere di impicciarmi della tua vita, perché sono tua madre. Adesso ti compatisco perché sei stanca e sono stanca anch'io», sospirò la donna, con fare rassegnato.

Era sera inoltrata quando arrivarono a casa e la ragazza si infilò nel letto lasciandosi cullare da due pensieri dominanti: il suo lavoro e Andrea Milkovich.

Intanto l'afa che gravava sulla città diventava sempre più opprimente. Nella sartoria si stava bene, perché la proprietaria aveva fatto installare nelle stanze i condizionatori che aspiravano l'aria rovente dall'esterno, la refrigeravano e la diffondevano nell'ambiente. Il ronzio era fastidioso, ma alleviava la fatica.

La mattina seguente Ermellina si impegnò con piacere nel delicato lavoro di cucitura degli orli di alcuni abiti eseguendo punti che dovevano risultare invisibili e richiedevano molta abilità. Per fortuna, i tessuti erano chiari e non dovette sforzare la vista, come accadeva con quelli scuri.

Intanto raccontò alle colleghe la domenica trascorsa a Monza ad aiutare gli uomini che, per solidarietà, stavano ripristinando l'appartamento in cui si sarebbe trasferita in autunno.

La settimana trascorse velocemente e, conclusa la mattinata del sabato, Ermellina lasciò l'atelier.

Sul punto di uscire dall'androne del palazzo, vide il dottor Milkovich. Sedeva dentro la sua Jaguar e osservava il gruppetto di sarte che sciamavano sulla via. Si bloccò e disse: «Ho dimenticato di prendere le chiavi di casa».

Risalì di corsa nel laboratorio ormai deserto e, dalla finestra, osservò le sue colleghe che si allontanavano, mentre il medico era sempre lì, in auto, ad aspettare.

Allora ridiscese velocemente le scale e si fermò sotto il portone. Lui la vide, sorrise, scese dall'auto e le andò incontro.

«Finalmente, eccoti qui», disse.

«Non avevo un appuntamento con te. Devo andare a casa», replicò.

«Ti sto invitando a pranzo.»

«Mia madre mi aspetta.»

«Nell'appartamento del mio residence c'è una tavola apparecchiata per due. E c'è anche un telefono. La chiami e l'avverti che rincaserai più tardi.»

«Non ricevo ordini da te.»

«Non da me, ma dal medico. Il tuo dottore nota che sei molto dimagrita da quando ti ha conosciuta e vuole nutrirti come si deve. E poi smettila di dire sempre no, perché io ho voglia di stare con te, come tu hai voglia di stare con me.»

«Ma non voglio stare nel tuo appartamento», affermò con determinazione.

«Tesoro mio, io mi sto sciogliendo per il caldo. Nel mio residence l'aria è fresca e starai meglio anche tu», disse lui, guardandola con tenerezza. E proseguì: «Mi dici che cosa ti spaventa?»

«Perdere la mia reputazione. Io non appartengo alla tua classe privilegiata che è al di sopra di ogni critica. Io sono una figlia del popolo che sa essere spietato con le ragazze che amoreggiano con i bei giovanotti ricchi.»

Il medico annuì, le diede una carezza e commentò: «Soprattutto se i bei giovanotti sono sposati, come me».

9

In quel mezzogiorno afoso di mezzo luglio in via Santo Spirito non c'era anima viva. I residenti degli antichi palazzi erano in vacanza già da due settimane e i pochi che ancora la abitavano erano partiti il venerdì sera per trascorrere il weekend nelle loro case di Portofino e dintorni, della Costa Smeralda, o sulle barche ormeggiate nel porto di Santa Margherita o di Porto Cervo.

Ermellina e Andrea erano accanto alla Jaguar.

Lei indossava un abitino aderente, senza maniche, in popeline di cotone color rosa confetto, i capelli lunghi raccolti da un elastico sulla nuca. Ebbe un sussulto sentendo la rivelazione di Andrea e le sembrò che il cuore si fosse fermato. Si guardò intorno come se cercasse qualcosa a cui appigliarsi.

«E me lo dici adesso?» sussurrò sconcertata.

«Pensavo che lo sapessi», si meravigliò il medico.

«Credi davvero che avrei perso il mio tempo e il mio

cuore per un uomo sposato?» strillò e, con tutta la sua forza, lo colpì sulla testa con la borsetta.

Poi si allontanò con passo spedito. Era furibonda e offesa.

Andrea la rincorse e la bloccò.

«Levami di dosso le tue mani sudice», lo aggredì e soggiunse: «Se avessi un paio di forbici, te le infilzerei nello stomaco».

«Ermellina, ti prego! Io non vivo con mia moglie. Mi sono separato da lei dopo un anno e mezzo di matrimonio. Se in Italia ci fosse il divorzio, io sarei un uomo libero ormai da tre anni. Non sono un mostro», si difese, imprigionandola tra le braccia.

«Ti ho detto di lasciarmi, non voglio essere toccata da te», sibilò, rivolgendogli uno sguardo fiammeggiante d'odio.

Lui allargò le braccia, liberandola, e sussurrò mortificato: «Me ne vado».

«Complimenti! Adesso la vittima sei tu. Sei proprio bravo a ribaltare le parti.»

«Ma sono davvero una vittima, come lo sono tanti altri uomini e donne che, come me, hanno fatto un matrimonio sbagliato. Viviamo in un Paese dove il cattolicesimo più retrivo detta le leggi come nel Medioevo e costringe una coppia a restare unita, anche quando marito e moglie si detestano. Meglio infelici da coniugati, piuttosto che felici da liberi. Il divorzio esiste in tutti i Paesi del mondo, ma non nel nostro. Io sono molto infelice, Ermellina, perché mi sono innamorato di una ragazza meravigliosa che non posso avere perché, nonostante la separazione da mia moglie, sono e sarò sempre un uomo sposato. Hai ragione tu. Ma non volevo raggirarti, credimi. In ospedale lo sanno tutti che sono sposato e separato. Ho immaginato che lo sapessi anche tu. Perdonami e vai per la tua strada, perché hai tutto il diritto di avere una vita sentimentale serena. Io, invece, non ho più alcun diritto alla felicità.»

«Mi dispiace», sussurrò Ermellina guardandolo con amore.

«Dispiace più a me dover rinunciare a uno splendore di ragazza come te. Avevo persino pensato di trasferirmi a Zurigo in un ospedale d'eccellenza per la chirurgia oncologica che è pronto ad accogliermi. Ma anche se diventassi cittadino svizzero, per l'Italia rimarrei comunque sposato. Hai investito davvero i tuoi sentimenti sull'uomo sbagliato. Quando ti ho incontrata, ho creduto che la vita mi stesse offrendo una nuova possibilità. Ho sbagliato e ho fatto del male anche a te. Perdonami, se puoi», disse lui, passandosi una mano sul viso per asciugare una lacrima.

Ermellina non aveva mai visto un uomo piangere. Si commosse e lo abbracciò.

«Sai che cosa ti dico? Andiamo al tuo residence, pranziamo insieme e, almeno per oggi, dimentichiamo tutto questo», replicò lei.

Quando tornò a casa, era pomeriggio inoltrato.

«È questa l'ora di tornare?» la aggredì sua madre.

«Ho avuto da fare», si limitò a rispondere.

«Potevi almeno avvertirmi. Ero in pensiero», ribadì la donna.

«Scusami, me ne sono dimenticata.»

«Domattina dobbiamo alzarci presto per andare a Monza e adesso devi fare un po' di spesa. Ho pensato di preparare una bella teglia di parmigiana di melanzane. Quella è buona anche fredda e gli uomini se la gusteranno volentieri. Prendi anche il pane e una bottiglia grande di Coca-Cola», le disse la mamma, mettendole in mano la lista delle compere.

Più tardi cenarono con il solito minestrone e una fetta di stracchino.

Erminia aveva voglia di parlare ed Ermellina stette a sentirla senza ascoltare, la mente presa da altri pensieri.

«Mamma, sono stanca. Mi metto il pigiama e vado a letto», le disse.

«Brava. Io invece vado al cinema con la Gisella, cosi si distrae un po', povera donna. Con quel disgraziato che, una sera sì e l'altra pure, torna a casa ubriaco e poi la mena di brutto... Non fa che piangere. Quando sposi un disgraziato, sei castigata per tutta la vita», sospirò Erminia.

«Se in Italia ci fosse il divorzio, lei potrebbe ritrovare la serenità», commentò Ermellina.

«Eccola qua, la solita comunista. Il matrimonio è un sacramento che devi rispettare per sempre. Quando ti sposerai, bada di scegliere l'uomo giusto, altrimenti sei condannata per sempre. Ma, morendo, ti sarai guadagnata il Paradiso», la ammonì.

«E se il Paradiso non c'è?»

«Comunista!» la rimproverò sua madre.

«Tranquilla. Quando potrò esercitare il mio diritto di voto, non metterò la croce sul simbolo della Democrazia Cristiana. Di questo puoi starne certa», replicò la ragazza infilandosi nella camera da letto.

Si distese sulle lenzuola roventi, chiuse gli occhi e sconfisse l'afa serale ripercorrendo le poche ore del pomeriggio trascorse con Andrea, nel piccolo appartamento del residence *Regina Sofia*.

Era entrata in quell'oasi di frescura, discretamente illuminata da alcune lampade da tavolo, dove aleggiava un profumo gradevole. L'impianto di filodiffusione trasmetteva una piacevole musica sinfonica. Il pavimento era rivestito da una moquette color panna. C'era un ampio divano color aragosta, come le due poltrone che lo fronteggiavano, separati da un lungo tavolino basso colmo di riviste scientifiche, quasi tutte in edizione inglese, una scaffalatura colma di libri e un tavolo rotondo apparecchiato per due.

Sotto due grandi campane d'argento c'erano i piatti su cui troneggiavano due piccole aragoste già sgusciate e ricomposte su un letto di tenerissima insalatina verde. In un secchiello, dove il ghiaccio si stava sciogliendo, riposava una bottiglia di champagne.

Andrea scostò dal tavolo una sedia imbottita di velluto, perché Ermellina potesse prendere posto.

«Non ho mai mangiato l'aragosta, né bevuto champagne», disse lei, con semplicità.

«Io la gusto solamente quando mi viene offerta ai pranzi di gala. Quanto allo champagne, lo assaggio nelle grandi occasioni. Oggi volevo far colpo su di te», replicò lui, stappando la bottiglia e versandone due sorsi in ogni coppa.

Sedette di fronte a lei, alzò il suo bicchiere toccando quello di Ermellina e disse: «Brindiamo alla nostra felicità».

Lei assaggiò quel vino costoso.

«Non mi piace. Preferisco l'acqua.»

Il medico rise divertito, commentando: «Sei unica, Ermellina. Spero che almeno questo crostaceo ti piaccia».

Lei ripulì il piatto in poche forchettate. Dopo divorò un dolce al cucchiaio che lui prelevò dal frigorifero.

Quando si alzarono da tavola, da una porta socchiusa intravide un'altra stanza dominata da un letto matrimoniale.

Si affrettò a chiuderla dicendo: «Lì non voglio entrare».

«Questo lo avevo già previsto», disse lui, indicandole il divano.

«Però berrei volentieri il caffè.»

Lui spalancò la porta dell'appartamento a un cameriere che aveva bussato reggendo un vassoio con due tazzine fumanti. Lo depose sopra una pila di riviste, sul tavolino del salotto. E si congedò.

«Adesso posso abbracciarti?» domandò Andrea, attirandola a sé.

Lei si rifugiò tra le sue braccia e si stordirono di baci.

A un certo punto, Ermellina si staccò da lui.

«Devo andare e, se mi ami come dici, lasciami perdere, perché il nostro brindisi alla felicità, almeno per me, si tradurrebbe in un grande dolore.»

«Farò come dici. Ma continuerò a portarti nel cuore.»

Con questi pensieri, Ermellina si addormentò nel suo letto, stremata dal caldo e dal desiderio per un uomo che sapeva di dover tenere a distanza, se voleva salvarsi dal disonore.

10

Quando Erminia ed Ermellina arrivarono a Monza, gli uomini erano già al lavoro. I sanitari nuovi nella stanza da bagno e il lavello della cucina erano già stati installati.

«Quando li avete montati?» domandò Erminia al cognato.

«Volevamo farvi una sorpresa, così durante la settimana abbiamo lavorato anche di sera», le rivelò Gino Biffi, con un sorriso soddisfatto.

«Lei è un angelo», gli disse Ermellina.

«Sono solamente un amico e tra amici ci si aiuta», minimizzò il giovanotto.

«Bravo Gino! È così che si fa. Un uomo che si adatta a fare di tutto è tanta manna quando ce l'hai in casa. Io lo so molto bene, perché il mio mi è venuto a mancare troppo presto», intervenne Erminia, emettendo un sospiro carico di pena. Poi si riprese e annunciò: «Ecco qua un thermos di caffè caldo e zuccherato. Ho portato anche le tazzine».

A mezzogiorno, quando scesero nel cortile deserto a fare man bassa della parmigiana di melanzane, seduti su un alto cordolo di cemento che delimitava alcune aiuole fiorite, Erminia spiava di sottecchi il giovane collega del cognato che, oltre a divorare il cibo, divorava con lo sguardo sua figlia.

Pensava di aver fatto la scelta giusta ritornando a vivere nella sua città e sperava che anche Ermellina facesse la scelta giusta legandosi a Gino Biffi, che aveva le carte in regola per diventare un marito affidabile.

Poi osservava la figlia e si rendeva conto che la ragazza aveva la testa altrove. È mai possibile che non si accorga di questo giovane che se la mangia con gli occhi? Si domandava la donna.

Intanto gli uomini ragionavano tra loro sui tempi e i modi per concludere i lavori dell'appartamento.

«La settimana ventura dobbiamo mettere a norma l'impianto elettrico e quello idraulico. Poi ci sono i muri da imbiancare e gli infissi da scartavetrare e ridipingere», disse lo zio Ezio.

«Noi non possiamo fare il trasloco prima del quindici di settembre, perché il padrone di casa di via Fiori Chiari ha pronta la persona che mi sostituisce in portineria per quella data. Intanto devo sentire un po' di traslocatori per scegliere il meno caro», spiegò Erminia.

«Il trasloco ve lo facciamo noi. In Comune abbiamo un

collega che ha un piccolo camion e tra colleghi ci si aiuta. Così non dovrete sprecare soldi», disse Gino.

«E noi come ci sdebitiamo per tutto questo?» domandò Ermellina, rivolgendosi a sua madre.

«Un bel pranzo per tutti quanti cucinato dalle sue mani e il suo sorriso saranno un'ottima ricompensa per ognuno di noi, signorina», intervenne il giovane geometra.

«Mi chiami Ermellina e diamoci del tu, caro Gino», replicò lei, con gratitudine.

«Mia figlia ha ragione. Mi sembri uno di famiglia», incalzò Erminia.

Il giovane arrossì e sussurrò un «grazie» commosso.

Ermellina pensò che, se non fosse stata innamorata di Andrea Milkovich, lo avrebbe voluto come fidanzato.

Invece trascorse l'estate, comprese le ferie d'agosto, a lasciarsi divorare dal desiderio di riavere accanto il medico che l'amava, che impersonava la sua idea romantica del principe azzurro, che aveva un unico difetto: quello di essere sposato. Andrea non si era più palesato e lei si dibatteva tra due quesiti: lo fa per rispettare la mia richiesta oppure perché ha trovato un'altra e si è dimenticato di me?

Accolse come una benedizione le ferie per massacrarsi di lavoro tirando a lucido le stanze ancora vuote dell'appartamento di Monza, perché la fatica la aiutava a non pensare.

La sera, quando tornava in via Fiori Chiari, cenava con

sua madre e poi annaspava verso il letto per abbandonarsi a un lungo sonno ristoratore.

Come Milano, anche Monza era una città deserta, perché i negozi erano chiusi e gli abitanti erano andati in vacanza. In questa solitudine, Ermellina si sentiva a suo agio. Le sembrava che le strade e le piazze vuote appartenessero solamente a lei che, finalmente, poteva osservarle e appropriarsi degli scorci più suggestivi. Nessuno che la spiasse e la giudicasse. Era se stessa e riusciva a vedersi quale era veramente: una bella ragazza, poco espansiva ma ricca di sogni, che sarebbe diventata una grande sarta come la Viganò, e le donne più importanti l'avrebbero corteggiata per ottenere da lei abiti unici e straordinari.

Un giorno avrebbe ritrovato Andrea Milkovich e sarebbe diventata la sua amante segreta, soddisfacendo il suo bisogno d'amore, senza la necessità d'avere un marito.

Si diceva: Che bisogno ho d'avere un marito e dei figli? Dove sta scritto che la felicità consiste nel matrimonio? Io sto bene con me stessa e con il mio lavoro che mi permette di immaginare e realizzare gli abiti più belli del mondo. Di tanto in tanto trascorrerò le mie ore di svago con un uomo sposato che mi ama e non mi tradirà mai, proprio perché non sono una moglie, ma la sua amante.

Una sera di fine agosto, uscendo dal palazzo di via Zucchi, per tornare a Milano, sentì due colpi di clacson. Un'auto le si affiancò, rallentò, si fermò.

«Dove vai, tutta sola a quest'ora?» le domandò Gino Biffi, mentre usciva dall'abitacolo.

«Torno a casa. Ti credevo in montagna», replicò lei.

«Sono tornato nel pomeriggio. Stavo cercando una farmacia aperta», rispose.

«A quest'ora?» s'incuriosì Ermellina.

«Mi serve una pomata contro le scottature. In montagna ho preso troppo sole e mi sono venute alcune piaghe sulle spalle», spiegò.

«C'è la farmacia vicino alla stazione. La vedo sempre aperta quando prendo il treno per rientrare a Milano. Sei nero come un africano. Capisco che tu abbia la pelle cotta.»

«Tu invece sei pallida come una Madonna. Stai consumando le tue ferie in un appartamento vuoto, invece di divertirti al mare o in montagna, come meriteresti», commentò il giovane.

«Sto facendo tardi e non voglio perdere il treno», disse lei.

«Non perderai niente. Sali in macchina. Prima andiamo in farmacia e dopo ti accompagno a casa tua», decise lui.

Per Erminia fu una sorpresa piacevole l'arrivo di sua figlia in compagnia di Gino Biffi.

«Non penserai che ti congedo con un 'grazie'. E poi sei fortunato, perché invece del solito minestrone, stasera ho cucinato un bel risottino allo zafferano e una frittata con le punte d'ortica. Quindi metti le gambe sotto il tavolo, perché ceni con noi», disse tutta allegra, aggiungendo un posto a tavola.

Il giovane non si fece ripetere l'invito e raccontò la sua

vacanza, le gite sul ghiacciaio del Trobio, le notti trascorse nelle baite.

«L'estate del prossimo anno, se la tua mamma lo permetterà, mi piacerebbe se venissi in montagna con me. Siamo un piccolo gruppo di amici e ti troveresti bene, perché sono tutti ragazzi e ragazze semplici, come noi», disse lui, mentre apprezzava quella cena casalinga.

«Vedremo», fu la risposta laconica di Ermellina.

Non aveva mai fatto una vacanza, ma se fosse capitato avrebbe voluto trascorrerla con il dottor Milkovich. E mentre Gino si dilungava nei dettagli delle sue gite, lei pensava a una spiaggia assolata, alle onde del mare che la lambivano, all'uomo del suo cuore che le accarezzava la schiena nuda.

11

E VENNE il giorno in cui Ermellina arrivò in via Santo Spirito a bordo della sua Cinquecento a cui diede il nome di Gioiellino.

Aveva percorso il tratto di strada da Monza a Milano con il cuore in gola, perché era la prima volta che guidava da sola.

La sera precedente aveva fatto lo stesso percorso avendo al suo fianco Gino che l'aveva incoraggiata.

«Sei bravissima. Sai quando rallentare e quando accelerare. Evita, per un po', di fare sorpassi e non lasciarti intimidire se qualcuno ti strombazza per invitarti ad aumentare la velocità», le aveva suggerito il suo mentore.

«Sei un angelo», gli aveva detto lei.

«Lo so. Mi merito un premio», aveva replicato lui, sorridendo, mentre lei fermava l'auto davanti al portone di via Zucchi.

Quando, nel giorno del suo diciottesimo compleanno,

si era iscritta a scuola guida, e aveva iniziato a prendere le prime lezioni, lo zio Ezio si era coraggiosamente proposto di sedere al suo fianco e percorrere con lei i viali del parco di Monza, perché imparasse a coordinare i movimenti della mano sul cambio di marcia con quelli dei piedi sui pedali del freno e della frizione, mentre lei strillava: «Aiuto! Vado a sbattere contro l'albero».

Giorno dopo giorno aveva scoperto il piacere di guidare e, accanto a Gino Biffi che le aveva fatto compiere il percorso Monza-Milano e ritorno, Ermellina era così fiera di non aver commesso errori che, d'impulso, gli schioccò un bacio sulla guancia.

«Grazie. È la ricompensa più bella che potessi ricevere», aveva detto lui, arrossendo. Ma era sera, l'abitacolo della Cinquecento era buio e lei non se ne avvide.

Quello era un periodo in cui le sembrava che la vita le fosse amica. Ora abitava con sua madre in un appartamento dignitoso e poteva fare il bagno in una grande vasca di ghisa smaltata, invece che nella tinozza di zinco. L'acqua calda fluiva in abbondanza da un grosso bollitore a muro. Sua mamma non doveva più lavare quattro piani di scale, come aveva fatto fino ad allora quand'era la portinaia del caseggiato di ringhiera.

Inoltre, per raggiungere il loro appartamento, Ermellina ed Erminia usavano l'ascensore.

Lei andava a lavorare a bordo della sua piccola utilitaria, invece di viaggiare stipata sui treni dei pendolari.

In sartoria era stata presa sotto l'ala della première,

ogni giorno imparava qualcosa di nuovo e si sentiva apprezzata.

Ora aveva la sua camera da letto, accanto a quella della madre e, qualche volta, prima di addormentarsi, le capitava di pensare al suo papà, del quale serbava teneri ricordi infantili e si domandava se, dall'aldilà, lui la vedesse e continuasse a offrirle la sua protezione, come quando era bambina.

Più spesso pensava ad Andrea. Se lo avesse avuto accanto, la sua felicità sarebbe stata completa.

Si rendeva conto che i pochi uomini che incontrava la guardavano con ammirazione e desiderio, ma non le importava niente di loro. La inteneriva invece la muta adorazione di Gino Biffi.

Era un bel ragazzo, aveva un carattere solido, ed era sicura che sarebbe bastato un suo cenno d'incoraggiamento perché lui si dichiarasse.

Una volta, lo zio Ezio le aveva detto: «L'amico Gino mi tesse le tue lodi. Mi ha detto che sei una brava ragazza, che non parli a sproposito e tutti ti rispettano perché sai stare al tuo posto. Anche lui è un bravo ragazzo, molto intelligente e presto diventerà capoufficio. Facci un pensierino, perché ormai hai diciott'anni e un fidanzato affidabile come lui non si trova facilmente».

«Anch'io lo trovo bello e molto gentile, ma non ho tempo per queste frivolezze. Voglio diventare una première e succederà quando avrò imparato alla perfezione il mio lavoro. Ma ci vogliono anni per arrivare dove voglio io, e un legame sentimentale sarebbe troppo impegnativo», aveva replicato Ermellina.

Mentre pronunciava queste parole si sentì un'infame, perché sapeva che sarebbe bastato uno schiocco di dita del dottor Milkovich per dimenticare qualunque impegno di lavoro.

Ormai novembre volgeva alla fine e le signore milanesi aspettavano l'apertura della stagione lirica al Teatro alla Scala per sfoggiare i meravigliosi abiti che uscivano dalle grandi sartorie.

Nell'atelier era arrivato il tempo di disegnare abiti eleganti per le cene delle festività e, un giorno, la signora Romilde si preparò a partire alla volta di Biella, con la première.

«Tu verrai con noi», aveva detto a Ermellina, regalandole una forte emozione.

In una mattinata piovigginosa erano arrivate nella piccola cittadina piemontese, famosa per le sue aziende artigianali che producevano tessuti pregiati e l'autista le aveva lasciate all'ingresso dell'Antica Tessitura Ramella.

Le aveva accolte, con tutti gli onori, la giovane signora Clara, una donna molto graziosa ed elegante, che indossava un abito in jersey color testa di moro della sartoria Viganò.

Romilde e Clara diedero il via a un balletto di chiacchiere mentre entravano in un salone dove campeggiava un lungo tavolo su cui erano posati rotoli di tessuti d'ogni consistenza e colore.

Ermellina, avida di informazioni, osservava tutto nei particolari e non perdeva una parola del dialogo tra le due donne che si conoscevano da anni.

Nel salone arrivava attutito il frastuono dei telai che producevano ogni anno chilometri di stoffe.

Si sedettero in fondo alla stanza dove c'era un salotto con poltrone accoglienti e un tavolino su cui erano allineate ciotole d'argento che contenevano cioccolatini, bonbon, minuscoli pasticcini e nocciole ricoperte di cioccolato.

Una cameriera, con la crestina bianca inamidata tra i capelli, servì i caffè e ne porse una tazzina anche a Ermellina che stava in piedi, accanto alla première, un po' discosta dalle due signore che si sussurravano confidenze.

«Stanno spettegolando sulle nostre clienti più in vista», le sussurrò la première. E soggiunse: «Fa parte del cerimoniale d'accoglienza».

Infatti Ermellina sentì fare i nomi di Enrichetta Invernizzi, di Anna Bonomi, di Rina Brion e di tante altre signore del bel mondo milanese che indossavano abiti confezionati con i tessuti Ramella.

«E del tuo Andrea Milkovich che cosa mi dici?» domandò la sarta.

«Quello che ti dico sempre. È stato il più grande errore della mia vita», rispose Clara. E proseguì: «In agosto ci siamo incrociati a St. Moritz. Era con gente che non conosco. Ci siamo salutati molto civilmente, ma ogni volta che lo incontro perdo il buon umore, perché mi ricorda i mesi infelici del nostro matrimonio».

«Del resto non avevate proprio niente in comune», osservò la sarta.

«Come avrei potuto spartire la vita coniugale con un uomo che non vuole figli e ha per amante l'ospedale in cui lavora? I suoi malati sono sempre venuti prima di me e tu lo sai, cara Romilde.»

Ermellina cercava di non perdersi una sillaba delle confidenze che si scambiavano le due signore.

«Ti capisco. Una donna ha bisogno di un marito che le dedichi il suo tempo libero, come fanno tutti i mariti normali.»

«Ma Andrea Milkovich non è normale. Non si è fatto nemmeno un'amante.»

Ermellina, sconvolta, si aggrappò alla spalliera di una sedia.

«Non ti senti bene?» le domandò la première.

«Non sono mai stata meglio di così», sussurrò lei che, dopo quella rivelazione, aveva soltanto un desiderio: rifugiarsi tra le braccia del suo bellissimo dottore.

12

Quella sera, quando Ermellina rincasò, la madre non c'era. Trovò invece, sul tavolo della cucina, un suo messaggio: «Vado a casa della zia Margherita. La tua cena è nel forno».

Le lasagne erano ancora calde e le divorò velocemente. Poi mangiò una mela seduta sul divano del soggiorno mentre guardava *Carosello* alla tivù, la mente assediata dal desiderio di rivedere l'uomo che voleva dimenticare e che, invece, il caso le aveva riproposto durante l'incontro con la moglie Clara.

D'impulso si alzò, andò in anticamera, si accostò al telefono, staccò il ricevitore e compose il numero del residence *Regina Sofia* che conosceva a memoria, sperando che il portiere le dicesse che il dottore non c'era.

Invece l'uomo disse: «Rimanga in linea, glielo passo».

«Ciao», disse lei quando sentì la sua voce.

«Ermellina!» esclamò lui.

«Mi sei mancato», sussurrò.

«Anche tu», disse lui.

Seguì un lungo istante di silenzio. E poiché lei continuava a tacere, il medico disse: «Mi avevi chiesto di non cercarti più. È cambiato qualcosa?»

«Vorrei essere vicino a te.»

«Dimmi dove sei e ti raggiungo.»

«Verrò io da te, sabato a mezzogiorno, quando esco dall'atelier, se per te va bene.»

«Mi fai felice. Mi ero imposto di non pensare più a te e, invece...»

«Invece, eccomi qua, sebbene anch'io mi fossi imposta la stessa cosa.»

Poi riabbassò lentamente il ricevitore senza neppure un saluto, perché non ce n'era bisogno. Doveva solamente contare i giorni che la separavano dal loro incontro.

Quando Erminia tornò, dischiuse la porta della camera di Ermellina.

Sua figlia dormiva profondamente.

Si rividero al mattino, davanti a una tazzina di caffè.

«Perché sei così silenziosa?» le domandò sua mamma.

«Forse perché non ho voglia di parlare.»

Sua madre, avvolta in una vestaglia di lana pesante, sgranocchiava un biscotto e le rivolgeva uno sguardo indagatore.

«A te, chi ti capisce è bravo. Se almeno potessi aprirti la testa, riuscirei a vedere che cosa c'è dentro.»

«Ma non puoi e dovrai tenerti la curiosità», rispose Ermellina che si era già lavata, pettinata e vestita.

Indossava una gonna a tubino di un bel tessuto bianco e azzurro di lana pesante che si era confezionata con alcuni ritagli di sartoria e un maglione di cachemire azzurro che aveva acquistato a poco prezzo da una ditta di maglieria che forniva l'atelier.

Nella sua semplicità era bellissima, pensò la madre e disse: «Non mi hai neppure chiesto come mai sono andata dalla tua zia Margherita».

«Perché sei andata dalla zia Margherita?» le domandò la ragazza.

«Perché abbiamo fatto pace.»

«Era ora. Non ho mai saputo il motivo della vostra lite.»

«Per un paio di lenzuola di lino che la mia povera mamma aveva comprato per la mia dote e lei se le era incamerate dicendo che erano sue.»

«E per questo siete state diciott'anni senza vedervi e parlarvi?»

«Proprio così. Ma adesso è rimasta vedova, come me, e abbiamo deciso che, quando ti sposerai, io ti lascio la casa e andrò a vivere con lei. È stato bello far pace», spiegò Erminia.

«Fino alla prossima lite», commentò Ermellina sottovoce.

«Sei la solita scorbutica. Solamente un santo riuscirà a chiederti in moglie.»

«Mamma, ho appena diciott'anni e nessuna intenzione di sposarmi. È bene che tu lo sappia: il matrimonio non mi interessa e non mi interesserà mai. Quindi mettiti il cuore in pace», dichiarò con fermezza.

«Parli per dar fiato ai polmoni. Aspetta di innamorarti e poi ti rimangerai i tuoi propositi senza senso», brontolò Erminia.

Ma io sono già innamorata, avrebbe voluto replicare. Invece disse: «Scappo o farò tardi al lavoro».

Si alzò da tavola e sua madre la seguì per porgerle il cappotto, continuando a brontolare: «Tiri sempre in ballo il lavoro. Comunque non prendere impegni per sabato sera, perché siamo a cena dallo zio Ezio e ci sarà anche la zia Margherita».

«Tu vai pure. Io non so se ci sarò, perché sabato avrò da fare tutto il giorno e non so a che ora tornerò a casa», la avvertì, pensando al suo incontro con Andrea.

Era quasi sempre tra le prime ad arrivare in sartoria e si preoccupava di preparare una moka di caffè per tutte.

Lo fece anche quella mattina e iniziò il lavoro con allegria.

Quello della sartoria era un ambiente piacevole e, a renderlo tale, era Romilde Viganò che sapeva essere severa, ma anche protettiva con ognuna delle sue lavoranti.

Quando non faceva salotto con le clienti, delle quali era diventata amica, viaggiava tra Londra e Parigi, in cerca di ispirazione. Quand'era nell'atelier, qualche volta si metteva al tavolo a lavorare con le sue ragazze e tra un taglio, un'imbastitura e una prova a manichino, ascoltava le loro chiacchiere, sollecitava le loro opinioni, muoveva le sue critiche con gentilezza, raccontava aneddoti della sua gioventù quand'era un'apprendista, negli anni Quaranta, ed era scoppiata la guerra, ma le signore non avevano smesso di desiderare vestiti all'ultima moda.

Ermellina ascoltava con avidità quelle storie lontane e immaginava il giorno in cui avrebbe avuto la sua sartoria e si sarebbe comportata allo stesso modo con le sue dipendenti.

Ora che si avvicinava il Natale, il lavoro si faceva sempre più frenetico, perché le signore dell'alta borghesia volevano abiti nuovi per i pranzi della Vigilia che molte avrebbero trascorso nei grandi alberghi o nelle loro case di montagna.

«Diamoci dentro, ragazze», le spronava la Viganò. E aggiungeva: «In gennaio saremo molto più tranquille e avremo tutto il tempo di riposare un po'. Tu, Ermellina, che sei la più giovane e non hai un marito, potresti prendere qualche giorno di ferie per andare a sciare».

«Io? Non so nemmeno come sono fatti gli sci», si ritrasse, spaventata all'idea di non poter lavorare in sartoria.

«Io andrò a Foppolo con mio marito e i miei due ragazzi. Se vuoi, un fine settimana puoi unirti a noi», le propose la première.

«Ma certo. Vedrai che imparerai subito a sciare e ti divertirai moltissimo», la incalzò una giovane collega.

«E poi, magari, incontrerai un bel fustacchione che si innamorerà di te», aggiunse un'altra.

Lei pensò a Gino Biffi e replicò: «Volendo, il bel fustacchione che ama la montagna ce lo avrei e sono sicura che gli piacerebbe accompagnarmi sui monti e insegnarmi a sciare».

«E allora, che cosa aspetti?» le domandò Romilde Viganò che amava il chiacchiericcio delle sue ragazze.

«Aspetto il principe azzurro», disse lei, arrossendo.

13

La svegliarono i piccoli baci con cui Andrea sfiorava la sua schiena nuda.

Ermellina si rigirò nel letto accogliente, aprì gli occhi e vide il volto sorridente di Andrea Milkovich, che le sussurrò: «Come stai, principessa?»

«Sto come se fossi in Paradiso», rispose stiracchiandosi pigramente.

«Sono le sette di sera e mi avevi detto che volevi tornare a Monza per l'ora di cena», disse lui, stringendola a sé.

Lei si guardò intorno. Era in una camera da letto rischiarata da una lampada a stelo posta in un angolo di un ambiente dai colori tenui.

Allora ricordò ogni cosa: il suo ingresso nel residence all'ora di pranzo. Andrea che l'aspettava nell'atrio riscaldato e l'accompagnava al bar dove, seduti a un tavolino, avevano pranzato con un toast al prosciutto e una macedonia di frutta fresca.

Intanto lei gli raccontava di aver incontrato, a Biella, sua moglie Clara e delle confidenze che la bella signora sussurrava a Romilde Viganò e di come quelle confidenze l'avevano convinta di quanto lui fosse affidabile, se non come marito, almeno come amante.

Quindi gli aveva spiegato: «Allora ho capito che mi piaci tanto perché siamo simili. Tu ami la tua professione di medico, io amo il mio mestiere di sarta. Né tu né io abbiamo tempo da dedicare alla famiglia e alla crescita dei figli. Così potremmo considerarci fidanzati. Non dovremmo vederci ogni giorno, ma sapremmo che ci siamo sempre, l'uno per l'altra. Questo è ciò che vorrei».

«Io non ti amo Ermellina», disse lui con aria divertita.

«Non mi ami?» aveva domandato lei, sbigottita.

«Io ti adoro. Perché sei davvero unica, fantastica, meravigliosa. Non ci sono ragazze che la pensano come te. Da dove ti viene tutta questa saggezza?» chiese Andrea, quasi incredulo.

«Non so se la mia sia saggezza, ma il matrimonio non rientra tra i miei progetti e comunque non mi piace che la donna debba arrivare vergine all'altare. Non mi convince questo obbligo della verginità. Io penso che la Madonna fosse vergine nell'animo più che in una parte del suo corpo. Che Dio mi perdoni se sembra che io voglia paragonarmi a lei, ma non so esprimere meglio quello che penso. E tu sei abbastanza intelligente e colto per capirmi», aveva detto Ermellina tutto d'un fiato.

«Tu mi stupisci ogni volta, perché hai una mente che

pensa e ragiona, e non ti lasci influenzare dai luoghi comuni. Sei una grande donna», sussurrò con ammirazione.

Nel bar semideserto, i loro sussurri scorrevano lievi e felici. Lui guardò l'ora al suo orologio da polso, lei guardò il cielo oltre le vetrate del bar. Erano le due del pomeriggio e fuori, nel traffico caotico dei giorni prenatalizi, nel freddo pungente, si avvertiva aria di neve.

«Vuoi che usciamo a prendere un caffè o preferisci tornare subito a casa?» le domandò.

«Ho detto a mia madre che tornerò tardi, questa sera. Fino alle sette vorrei stare con te, se non hai altri impegni. Il caffè preferirei berlo nel tuo appartamento», replicò con franchezza.

Andrea le prese una mano e la sfiorò con un bacio.

«Nemmeno nei miei sogni più audaci avevo immaginato di sentirti fare questa proposta», disse il medico.

Si alzò dal tavolino, andò alle sue spalle e scostò la sedia perché anche lei potesse alzarsi.

Si infilarono nell'ascensore e salirono nel suo appartamento.

Lei avvertì il profumo secco dei fiori di lavanda nel vasto soggiorno in cui avevano pranzato insieme in un giorno d'estate.

Ora, sul tavolo, dentro una grande conca di ceramica, spiccava un trionfo di arance e mandarini.

Sotto un'ampia portafinestra schermata da bianche tende di mussola, notò una borsa ventiquattrore aperta, appoggiata su una sedia.

«Avevi in mente di tornare dai tuoi, a Novara?» gli domandò.

«Pensavo che te ne saresti andata dopo il nostro incontro al bar», spiegò lui.

«Allora me ne vado subito», replicò lei tranquilla.

«Dopo quello che mi hai detto, non ti lascio fino a stasera», disse lui, imprigionandola tra le braccia.

Lei posò la borsetta e il cappotto su una poltrona, lo guardò con aria grave e disse: «Adesso mi devi aiutare tu... nel senso che... mi devi incoraggiare, perché questa è un'esperienza nuova, per me. Ormai hai capito benissimo che non sono una delle donnine con cui ti accompagni, di tanto in tanto, per assecondare il tuo istinto di sciupafemmine», ci tenne a precisare.

Lui tornò a stringerla a sé e le sussurrò: «Quasi quasi mi intimidisci. Sei così forte e leale».

«Lo sei anche tu», annuì Ermellina. E avrebbe voluto proseguire nel suo ragionamento, ma lui le chiuse le labbra con un bacio lungo e appassionato.

Tutto il resto accadde con grande naturalezza. Lui fu gentile e paziente, lei si mostrò accogliente e fiduciosa.

Nel tempo che seguì, Ermellina scoprì lentamente il piacere di amare ed essere amata da un uomo che aveva le qualità dei medici migliori: la dolcezza, la competenza, l'affidabilità.

Andrea dissipò la sua ignoranza, spiegandole, con parole semplici, l'anatomia del sesso maschile e di quello femminile. Lei lo ascoltava colma di meraviglia, perché su questo argomento era di una ignoranza abissale, come quasi tutte le donne e gli uomini di quell'epoca ancora dominata dall'oscurantismo sessuale.

«Le poche donne con cui ho avuto e ho una certa confidenza, mi dicono che il loro primo rapporto è stato catastrofico. Che hanno sofferto le pene dell'inferno, che in seguito le cose non sono andate meglio e vivono il contatto con il marito come un obbligo al quale non osano sottrarsi. Ora non so se io sono un'eccezione o tu sei particolarmente abile, ma non ho mai provato un piacere così intenso e per questo ti ringrazio», gli confessò lei.

«Sono io che ringrazio te per esserti fidata di me. È così che devono amarsi un uomo e una donna», replicò lui con semplicità, accarezzando con gentilezza il corpo di Ermellina.

«Sai, è stato come sentirmi adagiata su un tappeto volante che saliva leggero verso il cielo facendomi rabbrividire di un piacere ineffabile. Pensi che possiamo ripetere questa esperienza?» gli domandò con voce esitante, perché le sembrava di essere ingorda.

«Non oggi, principessa. Adesso, la tua parte più intima è un pochino affaticata e dovrai pazientare qualche giorno perché il tuo imene, che per fortuna era così elastico da non subire lacerazioni, ha comunque bisogno di stare a riposo», le spiegò.

«Meglio così, perché sono sotto pressione con il lavoro e non avrei il tempo per stare con te», disse lei con voce assonnata.

Lui aveva continuato ad accarezzarla e lei si era addormentata. Ora i suoi baci carezzevoli l'avevano svegliata.

«Non immagini quanto mi costi separarmi da te», le confessò lui.

«Non piace neppure a me, ma io ho una madre che mi aspetta e tu devi tornare a Novara. C'è un traffico pazzesco e chissà quanto ci vorrà per raggiungere le nostre case», ragionò lei.

«Dimentichiamo il caos natalizio, perché adesso andremo a piedi in via Moscova. Devo darti il mio regalo di Natale.»

«Tu non devi farmi nessun regalo. Ce li siamo già scambiati i nostri doni», disse lei. Scattò in piedi e iniziò a rivestirsi.

«Per una volta sarò prepotente, e tu sarai così paziente da ubbidirmi», replicò Andrea con un tono che non ammetteva repliche.

Poco dopo si ritrovarono nell'atmosfera ovattata di una piccola gioielleria.

La signora che li accolse disse: «Come le avevo promesso, il braccialetto è pronto».

Aprì un cassetto e mise sul banco un piccolo cuscino di velluto blu su cui era posato un braccialetto a maglie d'oro da cui pendeva un minuscolo cuore dov'era stato incastonato un piccolo rubino.

«Se la signora mi tende il polso, glielo faccio provare», disse ancora la venditrice, rivolgendosi a Ermellina.

«Glielo allaccio io», si offrì Andrea, impossessandosi del gioiello.

Ermellina scoprì il polso e lui fece scattare la molla della chiusura e poi osservò quel piccolo capolavoro dell'arte orafa.

«Ti piace?» le domandò.

«Potrei mai negare che mi piaccia?» replicò Ermellina.

Quando furono di nuovo sulla via, Ermellina gli domandò: «Significa che mi hai messo alla catena?»

«Significa solamente che sono innamorato di te», rispose lui, guardandola con adorazione.

14

Era trascorso quasi un anno da quella sera di dicembre e il legame tra Ermellina e Andrea diventava sempre più coinvolgente, tanto che i due avevano deciso di trascorrere insieme le vacanze della prossima estate.

«Non ho più voglia di nascondermi e di nascondere te», le spiegò il suo amante.

«Dimentichi che per la legge io sono ancora minorenne e devono passare altri due anni prima che io entri nella maggiore età. Se ci mostrassimo al mondo e qualcuno ti riconoscesse, tua moglie verrebbe a saperlo e sarebbero dolori non solamente per te, ma anche per me. Devo essere io, che ho tanti anni meno di te, a invitarti alla prudenza?» disse lei, molto preoccupata anche per se stessa.

«Il nostro rapporto è così bello e pulito, da farmi vergognare di me stesso per tenerlo nascosto ancora a lungo», obbiettò lui.

«Dimentichi che io vivo a Monza dove ho parenti e

amici. Monza è una cittadina pettegola, ne scaturirebbe un polverone, io verrei segnata a dito e mia madre si chiuderebbe in casa per la vergogna. Dobbiamo essere prudenti, amore mio.»

«Non mi piace vivere nella menzogna.»

«La menzogna governa il mondo. Coinvolge la politica, la società, l'imprenditoria e anche le nostre vite. Non l'abbiamo inventata noi, eppure dobbiamo assecondarla. Probabilmente tu, in quanto uomo, ti salveresti, ma una sartina umile quale sono io verrebbe messa alla gogna. È questo che vuoi per me?»

«Tu non sei un'umile sartina, sei la mia principessa. Io ti amo tanto e non voglio che tu soffra. Vieni qui, piccolina», disse il medico, abbracciandola.

Erano nel letto di una camera di sapore antico, in un palazzo di via Moscova, dove lui si era trasferito, lasciando il residence nel quale era vissuto per tanti anni, perché il nuovo insediamento gli sembrava più discreto.

Si nascondevano al mondo come se fossero assassini, invece che due innamorati.

Lui prese ad accarezzarla, mentre le parlava con dolcezza, dando voce ai suoi desideri.

«Un giorno, tu e io, andremo a passeggio, mano nella mano, per le vie del mondo. Percorreremo le strade di New York, i boulevard di Parigi, le vie di Londra. Ti farò conoscere il nostro bellissimo Paese, visiteremo i suoi musei che ti saranno d'ispirazione per il tuo lavoro, ti porterò alla Scala e andremo in gondola lungo i canali di Venezia. Ci aspettano anni bellissimi, perché ce li meritiamo, perché tu soprattutto li meriti. Invecchieremo insieme e avremo tanto da ricordare.»

Ermellina si commosse.

«Mi fai piangere», gli confessò.

«Adesso ti faccio sorridere», le disse, iniziando a muoversi con gentilezza dentro di lei. E le rivelò: «Perché quando facciamo l'amore, tu sorridi e mi ecciti ancora di più».

Dopo questi incontri, Ermellina riprendeva il suo lavoro con tanta gioia nel cuore.

Una sera, dopo che le sue colleghe erano uscite, Ermellina si trattenne per riordinare il tavolo da lavoro.

La signora Romilde si profilò sulla soglia del laboratorio e le disse: «Vieni nel mio studio. Ti offro un aperitivo».

Ermellina pensò: Questa ha qualcosa da dirmi.

La seguì e subito notò che, sul tavolino del salotto, c'erano due bicchieri con il succo di pomodoro e una ciotola colma di patatine fritte.

«Volevo scambiare due chiacchiere con te, visto che siamo sole», cominciò la Viganò, invitandola con un gesto della mano a sedersi in poltrona. E proseguì: «So che sei quasi astemia e, per una volta, rinuncio al mio spumantino per farti compagnia».

«A che cosa devo questo onore?» domandò la ragazza con sospetto.

«Rilassati, Ermellina. Io sono molto contenta del tuo lavoro e tu lo sai. Tra due anni la mia première andrà in pensione e sono sicura che, nonostante la tua giovane età, tu sarai in grado di sostituirla, perché sei la migliore delle mie lavoranti. Tu hai questo mestiere nel sangue. È un talento che ti ha dato il buon Dio e solo a lui devi essere grata», esordì la grande sarta.

«Infatti gli sono grata, signora. Ma sono grata anche a lei che ogni giorno mi insegna cose nuove. Spero di meritare davvero questa promozione. Ma sento che deve dirmi ancora altro e la ascolto», replicò Ermellina.

Romilde Viganò tacque per qualche secondo, come se cercasse le parole per esprimersi.

Infine rivelò: «Una nostra cliente ti ha vista per strada, in compagnia del dottor Milkovich».

Ermellina non si scompose e precisò: «È diventato primario di chirurgia oncologica all'Istituto di via Venezian. Ora è il professor Milkovich. Ci siamo conosciuti quando io assistevo la povera signorina Vera. Da allora siamo rimasti amici e, qualche volta, ci vediamo. È una cosa scorretta?»

«Non c'è niente di scorretto, ma la stranezza è che appartenete a due mondi diversi. La gente è pettegola e vede il male anche dove non c'è. Tu mi sei cara come una figlia e io sono qui per aiutarti», disse inaspettatamente la signora Romilde.

«Noi due ci amiamo. Tantissimo. So che è sposato e non potrà mai sposarmi. Ma devo dirle che io non sono in cerca di un marito. Il matrimonio non fa per me. Non sono neppure una rovinafamiglie, perché lui è separato da sua moglie da prima che ci conoscessimo. Non abbiamo nessuna intenzione di vivere insieme e facciamo del nostro meglio per essere discreti e non suscitare uno scandalo. Questa, signora Romilde, è tutta la verità. Le bugie le invento solo per la mia mamma, quando le dico che faccio gli straordinari in sartoria, e invece sono con Andrea», le spiattellò Ermellina. E soggiunse: «Le chiedo scusa, signora, se mi sono permessa di usare il suo nome per mentire a mia madre».

«Lascia perdere, perché non è questo il problema. Io non ti giudico. Anzi, ti voglio proteggere e ho il dovere di dirti che la tua è una storia senza futuro. Milano è una città pettegola. E il pettegolezzo diventa presto maligno e ti può nuocere. Non nuocerà mai al dottor Milkovich, perché è un uomo, ma farà molto male a te, perché sei donna e un sentimento bello come l'amore non basterà a riscattarti. Rifletti sul consiglio che ti do: chiudi questo rapporto», le suggerì la signora Romilde.

Non fu lei, ma il destino a separarli.

Andrea era partito per un congresso medico che si svolgeva a Zurigo. Il legame con Ermellina, che ora aveva ventidue anni, era sempre più intenso, tanto più che la legge sul divorzio era finalmente stata approvata e Andrea aveva potuto divorziare dalla moglie.

A quel punto, lui le aveva detto: «Voglio sposarti». E lei aveva risposto: «Se rimarremo amanti sarà molto più bello. Tu non hai figli, io neppure, non abbiamo alcun bisogno di avere una fede al dito per essere felici».

Era un gennaio particolarmente nevoso e il medico, che voleva tornare da lei al più presto, poiché le linee ferroviarie erano bloccate per la neve, aveva deciso di raggiungere Milano con un piccolo aereo da turismo.

Durante il volo, le condizioni meteorologiche si erano ulteriormente aggravate, la visibilità era ridotta al minimo, i contatti con la torre di controllo erano andati in tilt e il piccolo velivolo si era schiantato contro una montagna.

Pilota e passeggero erano morti.

Il giorno prima, Ermellina aveva scoperto di essere incinta di tre settimane.

15

Non andò al suo funerale, che si svolse a Novara. Non aggiunse il suo nome alla lista dei necrologi che annunciavano la tragica scomparsa del grande medico. Invece, per una notte, si rifugiò nel loro nido in via Moscova e dormì nel letto che era stato l'unico testimone del loro amore.

Il mattino uscì per l'ultima volta da quelle stanze e, senza versare una lacrima, andò al lavoro.

La signora Romilde, che sapeva il dramma che Ermellina stava vivendo, la sottrasse al laboratorio, la ospitò al piano superiore, in casa sua, con un pretesto plausibile per le colleghe.

«Ermellina, parla. Non hai detto una sola parola da quando ti sei presentata al lavoro», disse Romilde.

Lei le rivolse uno sguardo spento e sussurrò: «Non ho niente da dire».

«Almeno piangi, sfogati», la sollecitò con fare materno.

«Ho pianto abbastanza la scorsa notte. Ora non ho più lacrime», rispose.

«Allora urla il tuo dolore.»

«Non sono addolorata. Ho accettato la morte di Andrea e so che devo andare avanti a vivere, perché sono incinta di suo figlio», rivelò.

«Oddio! Questa è un'altra tragedia nella tragedia», si allarmò la sarta. E soggiunse: «Devi abortire, finché sei in tempo».

«È già morto suo padre. Lui deve vivere perché io possa ricordarmi ogni giorno dell'uomo meraviglioso che ho perduto.»

«Tu sei pazza. Pensa al disonore che getteresti sulla tua famiglia, pensa al dispiacere che darai a tua madre.»

«Mi sposerò con un bravo ragazzo che farà da padre a mio figlio, e continuerò a lavorare, come ho fatto sempre, da quando avevo quattordici anni.»

«Un bravo ragazzo non lo si trova girato l'angolo e, se anche lo trovassi, non accetterà la tua situazione.»

«Ho pensato molto a questa eventualità. Ma io non gli dirò che sono incinta», disse Ermellina con voce di ghiaccio.

«Ragazza mia, tu mi spaventi», replicò la sarta.

«La capisco, signora, perché spavento anche me stessa. Ma le assicuro che non sono mai stata più lucida di così. Oggi, se non la disturbo, me ne sto qui, tranquilla, in casa sua. Stasera torno a Monza e domani sarò in laboratorio, come sempre. Però, oggi, ho bisogno di lavorare perché il lavoro mi aiuta a non pensare. Quindi, per favore, mi dia qualcosa da fare.»

Quando rincasò, si rese conto che la sorte stava venendo in suo aiuto, perché sua madre che, con l'aiuto della zia Margherita, era in cucina a preparare i ravioli di carne e il cappone farcito, le disse: «Domani è il compleanno di Gino Biffi. Come sai, pochi mesi fa è morto il padre e, subito dopo, è morta anche la mamma. Quel povero ragazzo è rimasto solo. Lui aveva fatto tanto per noi e sai anche questo. Dunque ho pensato di offrirgli il calore di una famiglia. Del resto, a Natale era toccato allo zio Ezio farlo sentire in famiglia. Adesso, per il suo compleanno, tocca a noi».

«Hai fatto bene, mamma. Io dovrei fargli un regalo», replicò Ermellina.

«Cosa vorresti regalargli?»

«Un bell'orologio da polso. Che ne dici?» propose la ragazza.

«Un orologio bello costa una cifra», ragionò la madre.

«Ma sono soldi spesi bene. Glielo compro con i miei risparmi e mi farò consigliare dalla signora Viganò. Sei d'accordo?»

«Hai ragione. Gli faremo una bella festa», annuì Erminia.

Fu davvero una bella festa. Lo zio Ezio aveva portato dell'ottimo vino, la zia Margherita aveva provveduto al dessert con una torta della pasticceria *Vecchia Monza*.

Infine, al momento del brindisi, Ermellina aveva consegnato a Gino il suo dono.

Il giovane non riuscì a nascondere la commozione, tanto che abbracciò la ragazza, dicendo: «Questo abbraccio è anche per tutti voi. Ho perso la mia famiglia, ma ne ho trovata un'altra».

Più tardi, il festeggiato si alzò e disse: «Vado sul balcone a fumare una sigaretta».

«Ti faccio compagnia», annunciò Ermellina, afferrando uno scialle per coprirsi le spalle.

«Fosse la volta buona», commentò lo zio Ezio, interpretando il pensiero di tutti.

«Non dirmi che fumi anche tu», indagò Gino, quando si ritrovarono da soli sul terrazzo.

«Non fumo e lo sai. Ma mi piace farti compagnia», spiegò la ragazza.

«Ti ringrazio e mi piacerebbe se mi facessi compagnia un po' più spesso.»

«Questo l'ho capito da un pezzo, ma non ho mai osato incoraggiarti perché non sono la ragazza che tu pensi. Una volta mi è successa una cosa brutta e, da allora, ho imparato a stare in guardia dagli uomini», sussurrò.

«Qualcuno ti ha mancato di rispetto?»

«Proprio così. E non sono più vergine. Ho tenuto per me l'umiliazione e da allora sono diventata diffidente», mentì.

«Chi è stato? Dimmelo, e gli spacco la faccia.»

«Era un imbianchino venuto a tinteggiare la camera da letto della signorina Vera. Ti avevo parlato di lei, ricordi?»

Ermellina si disprezzava per quell'opera di seduzione che stava mettendo in scena, ma doveva salvaguardare la vita che cresceva nel suo grembo.

Così proseguì: «La signorina Vera aveva una visita medica e mi disse di badare all'operaio che non conosceva, perché non rubasse qualcosa. Dunque non lo perdevo di vista e non mi aspettavo che lui, a un certo punto, mi saltasse addosso e mi violentasse. Non l'ho mai detto a nessuno, perché ho subito l'oltraggio come una vergogna inconfessabile. Tu sei la prima persona a cui ho osato dirlo».

Gino buttò il mozzicone dalla ringhiera, la abbracciò e replicò: «Povera bambina! Perché hai aspettato tanto a raccontarmi questa storia dolorosa? Io sono innamorato di te da sempre, ma adesso ti amo ancora di più».

«Non riesco a credere che tu possa amare una donna che ha perso la verginità.»

«Tu sei più vergine di tante ragazze che vanno all'altare fisicamente integre. E se tu mi vuoi bene, io ti proteggerò per tutta la vita», promise Gino Biffi.

Lei gli diede una carezza e lui la baciò con tanto amore. Poco dopo tornarono nella sala da pranzo e Gino annunciò: «Ermellina e io ci siamo fidanzati».

«Era ora che vi decideste», commentò lo zio Ezio, interpretando il pensiero di tutti.

La domenica pomeriggio, il fidanzato si presentò a casa con un mazzo di fiori.

Erminia guardò sua figlia, il suo fidanzato e sorrise.

«Io vado da mia sorella e vi lascio soli. Comportatevi bene», disse. Si infilò il cappotto e uscì.

Quando furono soli, Gino guardò con desiderio la ragazza che amava, la abbracciò e le disse: «Voglio sposarti, ma non sono disposto ad aspettare un anno e neppure un mese. Se mi ami anche tu, domani andiamo in Comune a fare le carte per il matrimonio».

Poi sfilò dalla tasca dei pantaloni un cofanetto da gioielliere, lo aprì, le mostrò un anellino d'oro con un piccolo diamante e glielo infilò al dito.

Ermellina pensò alla manciata di gioielli che Andrea le aveva regalato nel corso della loro storia. Li aveva raccolti in un panno e nascosti in un «segreto» dell'étagère che aveva ereditato dalla signorina Vera. Erano un piccolo tesoro che avrebbe custodito gelosamente, come avrebbe sempre custodito il ricordo del loro amore.

Quando sposò Gino Ermellina era incinta di sei settimane e quando partorì una bambina, che lui volle chiamare con il nome di sua madre, Carlotta, lei acconsentì e non si stancava di osservare sua figlia per ritrovare in lei i tratti di Andrea Milkovich, il suo vero padre.

Mentre la allattava, ed erano sole, le diceva: «Sei bella come il tuo papà».

Per il resto passava il tempo a piangere e pianse tutte le

lacrime che non aveva versato quando si era imposta di sposare un uomo che non amava.

Il medico, interrogato da Gino a questo proposito, dichiarò che si trattava di «depressione post partum».

Una depressione che durò molto a lungo, e lei sola sapeva che era dovuta al dolore per la perdita di Andrea e al senso di colpa per aver ingannato un marito onesto e affettuoso.

Carlotta

1

Ermellina aveva parlato ininterrottamente per un'ora mentre le figlie e l'ex marito l'avevano ascoltata ammutoliti.

Ora concluse: «So d'aver sbagliato tutto, per aver fondato la mia esistenza di moglie e di madre sull'inganno ma, cinquant'anni fa, mi ero adeguata al perbenismo, perché ero terrorizzata dalle conseguenze che mi avrebbero travolta se avessi detto la verità. Ero incinta e avevo bisogno di un marito per salvare il mio onore e tu, Gino, eri lì, pronto a fare di me una moglie di tutto rispetto. Adesso capisci perché, quando hai trovato una donna affettuosa e capace di darti il calore che io non ti avevo mai dato, ti ho lasciato andare via senza scompormi. Ero quasi felice per te. E non ho più voluto vederti per non rinnovare il mio senso di colpa».

A quel punto, Patrizia domandò: «E io, di chi sono figlia?»

«Di Gino, ovviamente», rispose Ermellina. E proseguì: «Con te ero meno scorbutica che con tua sorella, perché mi sentivo meno in colpa. Carlotta mi ricordava ogni giorno quello che avevo perduto. Mi sono punita rifiutando di tornare a lavorare per la Viganò. Così ho lasciato la grande sartoria e sono diventata una sarta di provincia. Quanto a te, mio povero Gino, ti chiedo perdono. E, con questo, non mi sono lavata la coscienza ma, se non altro, adesso sapete chi sono».

«Io non so se riuscirò a perdonarti per questo lungo inganno, ma so che, se ho ricevuto conforto e tenerezza, è stato Gino a darmeli. Lui è stato e sarà sempre mio padre», dichiarò Carlotta.

L'uomo la abbracciò e sussurrò: «I figli sono di chi li cresce, e tu sarai sempre la figlia di cui vado orgoglioso. Quanto a te, Ermellina, dovrai rendere conto a Dio, non a me, per tutti gli anni in cui mi hai ingannato, facendomi sempre sentire un marito inadeguato, perché io non ti perdono».

Gino Biffi uscì dal soggiorno e si chiuse alle spalle la porta dell'appartamento di Carlotta.

«Adesso è lui a non volerne più sapere di me. Potrei dargli torto? Si raccoglie sempre ciò che si semina», commentò Ermellina.

Era affranta e si levò a fatica dalla poltrona.

«Me ne vado anch'io. Chiamerò un taxi per tornare a Monza», disse e se ne andò senza salutare le figlie.

«Per fortuna che eravate venuti per consolarmi», commentò Carlotta alla sorella.

Patrizia la abbracciò e replicò: «Finalmente la mamma

ha scoperchiato il vaso di Pandora. Per me, questo è un sollievo».

«Anche per me. Ho perduto il compagno della mia vita, ma non sono più afflitta dalle ombre della nostra famiglia. Ti sembra poco?»

Il domestico si affacciò sulla soglia e domandò: «Devo preparare il pranzo?»

«Per due, grazie», rispose Carlotta. Poi disse alla sorella: «Mangiamo qualcosa e dopo vieni con me dal parrucchiere. Più tardi ti porto dal professor Antonino Di Pietro per un *picotage* al viso. Ci stai?»

«Ti starò incollata per tutto il giorno. Le mie due belve hanno un padre che si occuperà di loro», disse Patrizia, alludendo ai suoi figli.

Quello fu un altro di quei giorni memorabili che si sarebbe inciso per sempre nella sua memoria, anche perché, quel giorno, Carlotta ricominciò a vivere.

Dopo il parrucchiere e il dermatologo, le due sorelle andarono per negozi a fare acquisti per il loro guardaroba invernale. Poi Carlotta condusse la sorella nel negozio di Pattini, in corso Buenos Aires, a fare incetta di crostate alla marmellata e squisite pizze con mozzarella e pomodoro e, infine, arrivarono in via Padova, alla gastronomia di Giacobbe, a fare man bassa di ravioli e tortelloni, di trenette con il pesto di noci, di polpettine con gli spinaci e la ricotta, e di arrosto di vitello con le patate al forno.

«Tutto quello che non mangi subito, lo riponi nel freezer e il cibo si manterrà fresco per giorni», le consigliò Carlotta.

«Si è fatto tardi e la mia famiglia mi aspetta», disse Patrizia. Poi soggiunse: «Però ho voglia di abbracciare la mia nipotina».

«Torniamo a casa mia, ceniamo con Camilla e poi qualcuno ti riaccompagnerà a Monza», decise Carlotta.

La piccola era nel soggiorno, accovacciata sul tappeto con Tommaso e Battista. Guardavano un programma di cartoni animati in tivù. Quando vide comparire la mamma e la zia Patrizia, cariche di sacchetti, pacchettini e pacchettoni, corse loro incontro con aria festosa.

Patrizia la prese in braccio dopo aver affidato i suoi acquisti a Kiky.

«Come stai, piccolina?» le domandò.

Camilla accostò le labbra al suo orecchio e, schermandosi con una manina, le sussurrò: «Lo sai che il mio papà è volato in cielo?»

«Lo so, come so che, da lassù, lui ti vede e ti manda tanti baci, perché ti vuole bene», rispose Patrizia.

«Sì, lui mi dà i baci di notte, quando faccio la nanna. Invece, di giorno, i baci me li dà la mamma», spiegò, perché quelle parole la rassicuravano.

Dopo, Patrizia domandò sottovoce alla sorella: «Ora i figli di Gianni vivono con voi?»

«Continuano a stare nella casa del padre, ma sono molto legati alla sorellina e poiché anche loro soffrono per la sua mancanza, spesso stanno con noi. Sono due bravi ragazzi e la piccola Camilla ha scatenato il loro desiderio di proteggerla. Con un padre morto e una madre in carcere, Camilla e io siamo diventate la loro famiglia», spiegò Carlotta.

«Non avrei mai creduto che la mia sorellona ribelle e solitaria, impegnata solamente a far carriera, sarebbe diventata una grande *mater familias*», si compiacque Patrizia.

«Devo dire che l'incontro con Gianni e la nascita di nostra figlia mi hanno profondamente cambiata. Ma devo anche dirti che il racconto di nostra madre, alla fine, mi ha commosso. Ha mentito per anni, ma considera quanto coraggio ha avuto nell'amare un uomo sposato e nel portare avanti una gravidanza imbarazzante, invece di ricorrere all'aborto come facevano tante ragazze in quei tempi così difficili per le donne. Con tutti i suoi difetti, Ermellina è stata una grande donna.»

«Se avesse abortito, io non avrei avuto una sorella meravigliosa come te. Tu le assomigli tanto, ma hai avuto la fortuna di vivere in un mondo migliore del suo, per quanto riguarda i diritti delle donne», ragionò Patrizia.

Kiky preparò una bella tavola per cinque persone, dal momento che la piccola Camilla disse che ormai era grande e voleva cenare con i suoi fratelli. Venne messa a capotavola, seduta su una pila di cuscini e fece del suo meglio per meritare questo privilegio. Alla fine si addormentò su un piatto di ravioli farciti con olive taggiasche e mozzarella di bufala.

Carlotta ricordò il racconto di Maria Sole, quando aveva allestito una cena per ricordare Mariano, il padre del piccolo Michele, morto per Covid.

Michele e Camilla erano accomunati dalla perdita dei loro padri, così come le loro madri erano vedove dei loro mariti.

Con una piccola differenza, pensò Carlotta, che Maria Sole quando è rimasta vedova non aveva ancora trent'anni e, nel frattempo, si era innamorata di Alberto. Lei, invece, era prossima ai cinquant'anni, e dopo Gianni non avrebbe mai più voluto un altro uomo.

Dopo giorni di dolore straziante, quella fu una cena arricchita dal calore degli affetti.

«Siamo proprio una bella famiglia», disse, guardando i figli di Gianni Corbetti. E soggiunse: «Dobbiamo averne cura per evitare che qualcosa o qualcuno la possa scalfire».

2

Una dopo l'altra, Gloria, Maria Sole e Carlotta, fecero il loro ingresso nella casa di Andreina.

Erano passate tre settimane dalla scomparsa di Gianni Corbetti ed era la prima volta che le quattro amiche si ritrovavano per la cena del giovedì.

Era stata Andreina a proporre la riunione in casa sua per un riguardo verso Carlotta. «Sono sicura che non sia ancora pronta per la nostra saletta nel ristorante di Pia Mantovani. Conoscendola, penso che non abbia nessuna voglia di vedere lo sguardo di circostanza della padrona di casa e di ricevere le sue condoglianze. Alla cena penserà Marco», aveva ragionato e sia Gloria sia Maria Sole si erano dichiarate d'accordo.

Carlotta arrivò per prima, portando piccoli doni per tutti: un foulard di Hermès per Adele, una fiaba sonora per la piccola Viviana, e tre collane di perle e corallo, una diversa dall'altra, firmate da Luisa Della Salda, per le tre amiche.

«Tu sei matta da legare», commentò Andreina, spiazzata da tanta generosità.

«Ho sentito il bisogno di dire grazie a te e alle altre per la vostra discrezione e la vicinanza nei giorni più bui della mia vita», replicò.

«Quale vicinanza? Non hai voluto vederci né sentirci per molti giorni», si lamentò Andreina.

«Ma avete pensato a me, a Gianni, a nostra figlia. Il vostro conforto l'ho sentito sulla pelle e mi ha fatto tanto bene», spiegò l'avvocatessa.

«Vieni qui, amica mia, e lasciati abbracciare», disse Andreina, spalancando le braccia per accoglierla.

Adele, alle loro spalle, si asciugò una lacrima. Le diede una carezza e commentò: «Figlia bella, Dio ci dà i suoi doni e, qualche volta, crudelmente ce li toglie... e noi non possiamo fare niente, se non rassegnarci al suo volere».

Carlotta avrebbe voluto muovere qualche obiezione sul «volere di Dio», ma preferì tacere, considerando la buona fede di quella donna amorevole e generosa, che sapeva essere anche discreta. Così le sorrise e le porse il bellissimo foulard.

Quel regalo la mandò in confusione e si commosse, la abbracciò e si allontanò dicendo: «Adesso io vado a letto. Sulla tavola c'è la vostra cena e il risotto con il tartufo è al caldo, in cucina».

In quel momento arrivarono Gloria e Maria Sole.

«Mettetevi a tavola. Porto subito il risotto preparato dal mio cuoco personale che me lo ha mandato poco fa», disse Andreina, alludendo al cibo cucinato da Marco Montagner, l'amico chef che l'amava da sempre.

Dopo il lungo silenzio seguito alla tragedia che aveva colpito Carlotta, quello fu un modo sereno per ritrovarsi e riprendere il filo della consuetudine che le univa da tanti anni.

Carlotta raccontò pacatamente quanto le era accaduto, Gloria parlò dei suoi gemelli che diventavano di giorno in giorno sempre più ciarlieri.

A quel punto, Maria Sole sentenziò: «Il Nido del Sole compie miracoli ogni giorno. È stata un'impresa abituarli a stare separati, ma ora interagiscono con tutti i loro amichetti e sono costretti a esprimersi come gli altri. Proteggono spudoratamente la stessa bambina che, guarda caso, è la tua Viviana», precisò, rivolgendosi ad Andreina.

«Lo so. Mia figlia mi ha detto che ama tanto i suoi cuginetti Ludi e Robi», rivelò Andreina.

«Ragazze, ho avuto un lampo nella mia immaginazione e ho visto una fotografia del futuro: un giovedì sera qualunque e i nostri figli, ormai adulti, riuniti intorno al tavolo ovale della saletta Ottocento del ristorante di Pia Mantovani a raccontarsi il bello e il meno bello delle loro vite», disse Gloria con fare ispirato.

«Il mio Michele, il maggiore di tutti, sarà uno sciupafemmine pazzesco e probabilmente farà il pubblicitario, come Alberto, che continuerà a chiamarlo brigante», disse Maria Sole.

«La mia Viviana, così dolce e fragile, sarà una cuoca famosa cresciuta alla scuola di Marco Montagner», disse Andreina.

«I miei gemelli continueranno a produrre fuochi d'artificio, come il loro padre, sperando che il padre sia il mio Sergio», disse Gloria.

«*Mater semper certa*. Quanto al padre... chissà», commentò Carlotta, con fare scherzoso.

«Non mettere il dito nella piaga. Se diventeranno medici avrò la certezza che il padre è Bruno Arconati. Ma fino ad allora, ho maturato la certezza che sono figli di Sergio», s'impuntò Gloria.

«Giusto, i figli sono di chi li cresce», annuì l'avvocatessa, ora che sapeva l'infelice storia d'amore tra sua madre e il dottor Andrea Milkovich. E proseguì: «Quanto alla mia Camilla, ha già due fratelli grandi che saranno entrambi medici. Quindi lei sarà un avvocato, come me».

Avevano vuotato i loro piatti di risotto con le lamelle di tartufo e si servirono in abbondanza di un'insalata di valeriana con dadini di avocado e gherigli di noce.

«Ma non abbiamo fatto i conti con l'attuale dissesto ecologico del nostro pianeta. Toccherà ai nostri figli risanarlo e, forse, i miei gemelli saranno guardie forestali, oppure progetteranno la trasformazione dell'acqua di mare in acqua dolce per irrigare i terreni arsi dalla siccità», disse Gloria.

«Per favore, stendiamo un velo pietoso sull'acquiescenza colpevole dei nostri genitori e anche nostra che non abbiamo voluto vedere i disastri che le grandi multinazionali con la complicità dei governi, di imprenditori sciagurati e della mafia hanno provocato al nostro bellissimo pianeta per sete di potere e denaro a scapito dell'intera umanità. Noi e loro dovremo rispondere a Dio per le offese inferte alla Terra e mi domando fino a quando riusciremo ad assaporare questa insalatina fresca e tutti i prodotti che sono alla base della nostra alimentazione», deplorò Maria Sole.

«Forse ci nutriremo di pillole e integratori, forse non avremo più l'acqua per lavarci e chissà come riusciremo a dissetarci», sospirò Carlotta.

«Forse un asteroide manderà in frantumi la Terra. Però, amiche mie, questa cena doveva essere un momento di quiete nella confusione delle nostre piccole vite», osservò Maria Sole.

«Hai detto bene, ragazzina. Siamo davvero confuse. Gloria non sa ancora chi sia il padre dei suoi gemelli e questo la angoscia. Andreina non riesce a parlare chiaramente con Bill Foster, il padre della sua Viviana, e non solo gli tace la paternità, ma non sa neppure se lo ama ancora. Intanto si dibatte tra due uomini: sceglierà Bill, che vive di là dall'oceano, o Marco, che non ha mai smesso di amarla? E, infine, ci sono io, che ho perso per sempre il mio bellissimo uomo. Sono disperata e anche smarrita perché mi stanno capitando cose che non potevo prevedere e altre che non potevo sapere. Ho scoperto che mio padre, il mio dolcissimo papà, non è mio padre. Ma questa è una lunga storia che affronterò quando sarò più serena. L'unica che ha le idee chiare è Maria Sole. La vita non le ha risparmiato dolori fin dall'infanzia, quand'era una bambina così tormentata che aveva cercato la morte buttandosi in pieno inverno nel mare in tempesta. Era giovanissima quando ha affrontato il dolore per il suicidio di suo fratello. Era una giovane mamma innamorata del marito quando lui le ha rivelato la sua omosessualità e, come se non bastasse, il Covid se lo è portato via. Maria Sole è una roccia. A un certo punto ha deciso di smettere i panni della giovane signora benestante e nullafacente, per occuparsi non soltanto del suo piccolo Michele, ma anche dei nostri figli e dei figli di tante altre madri. Aveva detto che voleva aprire un nido d'infanzia e lo ha fatto. Chi sono io per piangermi addosso? Maria Sole ha ricominciato a vivere ogni volta e noi dovremmo imitarla, perché la vita è bella, nonostante.»

3

Sɪ erano trasferite nel salotto e stavano sorseggiando una tisana, mentre dall'impianto stereo dilagavano nella stanza le note della *Sinfonia N. 9* di Schubert.

«Non sapete quante lacrime ho versato dopo la morte di Gianni. Poi ho capito che dovevo smettere di piangere, perché sono stata una donna molto fortunata, e lo spirito di Gianni continua a vivere in me. Lui è più che mai vivo nel mio cuore e continua a vivere nei suoi figli. Osservo la mia Camilla, i suoi fratelli che, ormai, fanno parte del mio mondo affettivo, e sento in loro la sua presenza. Ho trascorso gli anni più belli della mia vita accanto a Gianni Corbetti e non sarà la sua morte a privarmi di lui», replicò con un dolce sorriso.

In quel momento Carlotta pensò a sua madre, a quanto doveva aver sofferto per la morte di Andrea Milkovich e alla sua forza nel soffocare il dolore per proteggere se stessa e la creatura che portava in grembo. Capì quanto dovesse esserle costato sposare un uomo che non amava, per salvare se stessa e la sua bambina, in anni tanto difficili per le donne che si ritrovavano incinte senza marito.

La stessa Andreina, venuta al mondo da una giovanissima madre nubile, aveva subito l'onta di sentirsi chiamare «bastarda», «figlia della colpa», quand'era bambina e viveva a Porto Cesareo, un paesino di marinai sulla costa ionica della Puglia. E sua madre Viviana era fuggita al Nord, per sottrarsi al disprezzo della sua stessa famiglia e dei compaesani.

Viviana ed Ermellina erano state donne forti e avevano trasmesso questa forza alle loro figlie.

«Allora, alziamo le nostre tazze di tisana e brindiamo a Gianni e a tutte le donne del mondo che hanno avuto la fortuna di amare ed essere amate da uomini meravigliosi», disse Maria Sole.

«A Gianni!» esclamarono in coro le quattro amiche.

«Hai ragione, Carlotta. La vita è bella, nonostante le sofferenze che talvolta ci infligge. E sta a noi trovare il magnifico equilibrio della serenità», commentò Maria Sole.

«Gloria, tu non dici niente?» domandò Andreina.

«Io ho rinunciato a Bruno Arconati quando ero al quarto mese di gravidanza. Mi ero convinta d'averlo fatto per non far soffrire il mio Sergio. Voi sapete quanto mi pesasse vivere in bilico tra due uomini, convinta di amarli entrambi. Mi sono portata dentro questo tormento fino a poche settimane fa, quando mi sono confrontata con il mio vecchio ginecologo. A quel punto ho capito di amare il mio compagno di sempre, l'uomo più ingenuo, affidabile e dolce del mondo. Adesso sono serena, ho ritrovato la voglia di vivere, di lavorare, di specchiarmi nei miei figli, perché sono miei e di Sergio che li crescerà accanto a me. Ma non basta. C'è dell'altro», disse.

«Che altro c'è?» si decise a chiedere Carlotta.

Gloria rivelò: «L'altra sera ho messo a letto le mie belve. Gli ho letto la fiaba di Luigino che scopre il vasino. Loro si sono addormentati e io sono scesa in cucina a preparare la cena per me e Sergio. Quando lui è tornato dal lavoro, io ero in poltrona a rilassarmi dopo una giornata massacrante. È entrato nella stanza e mi ha offerto una rosa rossa. Poi si è inginocchiato davanti a me e mi ha detto, prendendomi le mani: 'Gloria, vuoi sposarmi?' Vi rendete conto di quanto la mia vita stia cambiando? Eravamo partiti, più di vent'anni fa, con l'intento di considerarci fidanzati a vita. Saggiamente ci eravamo detti che, per essere sempre felici insieme, dovevamo vivere ognuno a casa propria. Cinque anni fa, mi sono lasciata convincere a vendere il mio appartamento da single per trasferirmi nella sua villetta in via della Sila. Ora Sergio vuole mettere la ciliegina sulla torta legalizzando la nostra unione. Non so se essere felice o disperata, perché tutto questo non faceva parte del mio progetto di vita. Sergio ha pazientemente tessuto la sua ragnatela e mi ha imprigionata nella tela del suo amore. Io lo amo tanto, ma mi sento come se avessi le braccia e le gambe legate, anche perché non posso dimenticare l'infelicità della famiglia in cui sono cresciuta. Voi conoscete bene la mia storia con un padre e una madre così estranei l'uno all'altra da indurre me e mio fratello, quando eravamo ancora adolescenti, alla fuga da casa. Non voglio che ai miei gemelli succeda la stessa cosa».

Nel salotto, mentre finivano di sorseggiare le loro tisane, le amiche tacquero. Ognuna di loro, dopo aver ascoltato lo sfogo di Gloria, rifletté sulla propria condizione.

Infine Maria Sole disse: «Io penso che anche gli individui più fortunati non abbiano avuto una famiglia perfetta, perché non esiste. Però tutte noi siamo diventate adulte responsabili e madri consapevoli. Comunque vadano le cose, sappiamo di aver agito con onestà. Quindi tu, Gloria, smettila di fare la vittima, e accogli con gratitudine la proposta di Sergio. E non tormentare noi e te stessa con la storia della ragnatela».

Gloria

1

In realtà, Gloria aveva capito benissimo che l'innamoramento a vita esiste solo nei romanzi, perché è un sentimento troppo intenso che, così come prende fuoco, repentinamente, si spegne e lascia il posto alla quiete dell'affetto, delle care abitudini e della consapevolezza di quanto sia difficile la vita in due, soprattutto quando non si sono gettate le basi per un progetto futuro.

La sua gravidanza inaspettata, con il carico di responsabilità che comportava, non le aveva lasciato il tempo di disamorarsi di Bruno, ma, poi, Gloria aveva deciso di tagliare di netto il filo della loro passione.

Gli aveva detto: «Ti prego di aiutarmi a non vederti più. Tu sei ancora giovane e brillante. Hai davanti a te una lunga carriera. Soffrirai, come soffro anch'io, ma onestamente non posso far morire di crepacuore un uomo innocente e indifeso come Sergio che mi sta accanto da oltre vent'anni».

Bruno aveva capito e non l'aveva più cercata.

Sergio l'aveva aiutata molto durante la gravidanza e, quando erano nati i figli, spesso era lui ad alzarsi, nel corso della notte, per accudirli e farli riaddormentare.

Qualche volta, Gloria lo guardava con gratitudine e gli diceva: «Sei un brav'uomo, Sergio mio».

«Anche tu sei una brava ragazza. Ti sei presa una lunga pausa dal tuo lavoro per accudire le nostre piccole belve e questo sacrificio non me lo fai pesare.»

Talvolta Gloria ricordava con tenerezza e un pizzico di nostalgia il bel giovanotto longilineo, con il tratto del vero signore, che aveva incontrato nei giardini di Villa d'Este, sul lago di Como, alla festa di nozze di suo fratello Ernesto. Sergio era tra gli invitati. Aveva notato subito la sorella dello sposo. Lo aveva colpito il suo incarnato diafano, i grandi occhi scuri, il caschetto di capelli nerissimi e luminosi e l'aria pensosa. E aveva iniziato a corteggiarla.

Quella volta, nessuno dei due aveva pensato che si sarebbero uniti per la vita.

Pur di averla, Sergio aveva accettato le sue regole. La prima fra tutte era stata: per amarsi a lungo è necessario vivere in case separate, non sposarsi e non fare figli.

Gloria non aveva considerato la paziente tenacia del suo compagno che ora le proponeva il matrimonio. E sapeva che avrebbe acconsentito.

Ormai aveva vissuto la sua parentesi trasgressiva e aveva avuto l'accortezza di viverla con discrezione.

Aveva ragione il suo ginecologo: Sergio era il suo compagno ideale.

Quando rincasò dall'incontro con le amiche del cuore, Ludi e Robi dormivano profondamente nella loro cameretta accanto a quella dei genitori.

Rassicurata, entrò nello spogliatoio e si preparò per la notte.

Sergio dormiva con l'ultimo romanzo di Grisham sul risvolto del lenzuolo e gli occhiali sulla punta del naso.

Con cautela glieli levò e li posò sul tavolino da notte.

Poi si infilò nel letto accanto a lui. Era serena, perché sapeva che Sergio avrebbe continuato a essere un buon padre per i loro gemelli, come era stato un buon compagno per lei e un buon imprenditore per la sua piccola azienda di fuochi d'artificio che, nel corso del tempo, era riuscito ad ampliare, assumendo altri operai e incrementando i profitti.

Chiuse gli occhi e sperò di addormentarsi, per non pensare alla tragedia che aveva colpito Carlotta.

Ma il sonno non veniva, e vedeva il viso dolente dell'amica che si imponeva di essere serena, ma nei suoi occhi c'era un lago di dolore.

Allora le tornò in mente il giorno in cui, anni prima, l'avvocatessa era scoppiata in lacrime perché Gianni, che all'epoca era il suo amante, l'aveva lasciata dopo che lei gli aveva detto di amarlo. Una dichiarazione molto importante per una donna di successo che aveva collezionato amanti, senza mai innamorarsi di nessuno di loro.

Lei, Andreina e Maria Sole avevano asciugato le sue lacrime quando aveva subìto l'umiliazione dell'abbandono immotivato e c'erano volute settimane prima che la ferita si rimarginasse.

Quando aveva finalmente recuperato la serenità, Gianni si era ripresentato, con il capo cosparso di cenere, per dirle che non aveva mai smesso di pensarla e di desiderarla.

E le aveva raccontato le sue difficoltà nel rapporto con una moglie ingombrante, molto potente e vendicativa.

La nascita di Camilla aveva dato un senso ancora più importante alla loro unione e, ora che Gianni le era stato tolto, Carlotta sembrava un pugile stordito da un gancio micidiale.

Gloria ricordò una delle massime di suo padre: «Nella vita, a tutto c'è rimedio. Tranne che alla morte». Carlotta, invece, aveva detto: «La vita è bella, nonostante». E su queste considerazioni si addormentò.

Alle sette del mattino Ludovico e Roberto irruppero nella camera dei genitori e si inerpicarono come gatti sul loro letto, urlando: «Mami, papi, pappa».

Il piccolo Ludovico diede un bacio alla mamma e le sussurrò all'orecchio: «Ti voglio tanto bene».

Roberto, che si era abbarbicato al padre, sentì le parole del fratello e lo imitò dicendo: «Ti voglio bene, papi».

Gloria e Sergio si guardarono negli occhi e lui le disse: «Ricordiamoci questi momenti tra dieci anni, quando saranno adolescenti smaniosi di libertà, con tutte le ribellioni che ne conseguono».

«Non farmici pensare. Preferisco godermeli adesso e non pensare al dopo», replicò Gloria.

Scesero in cucina a fare colazione. Arrivò la domestica, accolta da Gloria come una benedizione, e si impossessò dei gemelli che presero a strillare, riluttanti a seguirla. Ma la signora Miranda non si fece intimidire e, indifferente alle loro proteste, li portò in bagno per lavarli e prepararli per andare al nido.

Per Sergio, l'autunno segnava l'inizio di un lavoro massacrante per soddisfare le richieste dei clienti che arrivavano anche dall'estero. Questo lavoro frenetico richiedeva controlli severissimi per salvaguardare l'incolumità degli operai. E non concedeva distrazioni, perché bastava un niente per provocare un incendio.

Guidare la piccola azienda ricevuta dal padre, facendola crescere di anno in anno, era un impegno che assorbiva tutte le sue energie e, la sera, rincasava stanchissimo. Gloria lo capiva e temeva per la sua salute.

Quella mattina, quando uscirono dalla villetta e i gemelli furono agganciati ai seggiolini dell'auto di Gloria, sul punto di salire in macchina per accompagnarli al nido, lei si rivolse a Sergio e gli domandò: «Hai mai pensato di vendere la tua fabbrica, soprattutto adesso che è diventata molto appetibile sul piano commerciale?»

Lui la guardò incredulo e domandò: «Perché dovrei?»

«Perché non hai più vent'anni e ti vedo stanco.»

«Che ne diresti se anch'io ti proponessi di vendere la tua agenzia che ha un parco clienti molto appetibile e tutto questo prosciuga le tue energie? Neanche tu sei più una ragazzina e lavori fino a ore impossibili, per non parlare delle trasferte che ti tengono lontana da casa, a volte, per giorni», ribatté il suo compagno con un tono aggressivo che la spiazzò.

«Sergio, stiamo litigando?» domandò lei.

«Sì, a quanto pare», ammise lui.

«Tesoro, io mi preoccupo per te, per il tuo benessere», spiegò Gloria.

Intanto i bambini, all'interno dell'auto, cominciarono a protestare.

«Mamma, andiamo», gridavano in coro, sgambettando sui loro seggiolini.

«Allora, secondo te, a cinquant'anni io dovrei cominciare a fare la vita del pensionato?» sibilò lui, sul punto di esplodere.

Gloria lo abbracciò e gli sussurrò con dolcezza: «Ti voglio bene, Sergio mio, e non vorrei mai che tu ti ammalassi, perché senza il tuo sostegno vacillerei. Io lavoro tantissimo, perché so che ci sei tu, che sei la mia forza. Io ho davvero bisogno di te, le nostre due belve hanno bisogno di te, e la tua azienda ha bisogno di te. Perdonami se ho detto una sciocchezza».

Sergio sorrise, le depose un bacio sulla punta del naso e la rassicurò: «Io sto bene, tesoro. Sono un ragazzo di cinquant'anni che ha ancora abbastanza energie da dedicare al lavoro e alla famiglia. E, a proposito di famiglia, aspetto ancora una risposta alla mia proposta di matrimonio», le ricordò.

2

«SPARA due grossi nomi internazionali del mondo dello spettacolo», disse Vieri a Gloria che aveva appena varcato la porta dell'ufficio.

«Hudson Stanley e Laura Fulton», rispose immediatamente lei.

«Hai centrato il bersaglio. Saranno i testimonial della nuova linea di profumi di Alain Gandolfi», disse il suo socio che faticava a contenere l'eccitazione.

«Dimmi che è vero», replicò, incredula, perché le sembrava impossibile che due star di quel calibro, che avevano appena vinto l'Oscar come migliori attori protagonisti, avessero accettato di sponsorizzare la linea di profumi *Nuit de Gloire*, notte di gloria.

Il nome della linea lo aveva imposto Gandolfi. E Gloria si era domandata se fosse un'allusione al suo nome, dal momento che quell'ometto a forma di palla le inviava ogni giorno una mail per parlarle di sé, più che del lavoro, della Provenza e le faceva recapitare strani doni: piccole cornici in bronzo dorato che racchiudevano versi d'amore di poeti provenzali, dipinti miniati di paesaggi campestri, cofanetti di porcellana di Limoges che contenevano violette glassate, boccettine in cristallo di rocca che diffondevano profumo di agrumi.

Gloria e Vieri erano in piedi, nel vestibolo dell'agenzia, e lui notò lo sguardo perplesso della sua socia.

Allora disse: «Ho capito. Riunione al bar qui sotto tra mezz'ora».

Lei annuì e si isolò nel suo ufficio, aprì la casella della posta e trovò la solita mail del profumiere che scriveva: *Bonjour ma chère Gloria*, e proseguiva raccontandole che, dai finestroni del suo laboratorio, godeva la vista della distesa dei campi coltivati a fiori che cominciavano a impallidire nel sole d'inizio autunno e, proprio per questo, si affannavano a sprigionare la più intima essenza dei loro profumi. Le diceva che finalmente aveva dato l'ultimo tocco all'eau de parfum *Hirondelle* e che, tra qualche giorno, sarebbe venuto in Italia per offrirglielo personalmente. Infine chiedeva la sua opinione sul nome che aveva inventato per la nuova linea *Nuit de Gloire* e che a ispirarglielo era stata lei, con quel nome glorioso che lui amava. Come amava la *femme merveilleuse* che lo portava.

Mezz'ora dopo lei sedeva con Vieri a un tavolino del bar e gli disse subito: «Trova un'idea per tenermi fuori dalle grinfie vogliose di questo Gandolfi».

Il suo socio si fece una bella risata e disse: «Non puoi.

Ormai hai capito che lui ha scelto la nostra agenzia per la sua campagna di lancio perché ha perso la testa per te, mia cara».

«Io non ho nessuna voglia di ridere. Quella palla di lardo appiccicoso mi sta mettendo in imbarazzo. Riesci a capirlo?» replicò Gloria a mezza via tra il disgusto e l'indignazione.

«Io capisco che se il nostro ometto fosse un macho pazzesco non saresti così irritata», ragionò Vieri.

«Ci puoi scommettere, così come io scommetterei che tu ne saresti geloso, perché i machi pazzeschi piacciono tantissimo anche a te.»

«Sei perfida!» scherzò Vieri.

«Sono sincera. E anche incazzata. Adesso lui minaccia di venire a Milano per consegnarmi, con le sue manine cicciose, il profumo che ha creato per me. Io devo assolutamente sparire. Inventati qualcosa, per favore.»

«Ti ricordo l'anticipo clamoroso che ci ha dato alla firma del contratto e il saldo che finirà sul nostro budget a conclusione della campagna di lancio. E il merito sarà solamente tuo. Vorresti dare un calcio a questa montagna di denaro?»

«Proprio tu, che hai un animo così femminile, fingi di non capire. Mi stai deludendo.»

«Il mio animo così femminile ci ha assicurato la sponsorizzazione di Hudson Stanley e Laura Fulton, grazie a un mio amico senese che anni fa ha vissuto una travolgente love story con Hudson e poi sono rimasti grandi amici.

Gli è bastato chiamarlo nella sua casa di New York, scavalcando agenti e intermediari. E lui non solo ha firmato il nostro contratto, ma ha convinto anche la sua collega a fare altrettanto. La palla di lardo dovrà sobbarcarsi le spese del loro viaggio in Italia, e i due compariranno per due mesi in una serie di spot televisivi e foto sui giornali, presentando *Nuit de Gloire for man* e *Nuit de Gloire for woman*. Ora che sai tutto, sei sempre decisa a scomparire all'arrivo di Alain Gandolfi?»

«Allora tu dovrai starmi attaccato come una cozza allo scoglio. Non dovrai lasciarmi sola con lui e, se lui cercasse di sfiorarmi solo con un dito, devi farmi sparire inventando un pretesto gravissimo che giustifichi il mio allontanamento», disse Gloria.

«Va bene. Il caffè lo abbiamo bevuto, la strategia anti palla di lardo l'abbiamo messa a punto. Direi che la riunione è finita e possiamo salire in ufficio a lavorare.»

«No caro, non te la cavi così in fretta. C'è ancora in ballo il suo arrivo a Milano per consegnarmi il profumo creato su misura per me, e questo non fa parte del suo contratto con l'agenzia. Se quello mi propone un incontro al *Four Seasons*, sperando in un tête-à-tête con me, come me la cavo?» insistette Gloria.

«Io vengo con te.»

«E lui si incazza.»

«Senti, ci siamo trovati in situazioni peggiori nel corso degli anni e ce la siamo sempre cavata. Dopotutto, siamo dei creativi e qualcosa ci verrà in mente», sdrammatizzò Vieri.

«Ma devo rispondere alla sua mail. Che cosa gli dico?» insistette Gloria.

«Oh bimba!» esclamò il socio, dando fiato alla sua parlata toscana. E proseguì: «Te tu mi hai scassato assai. Inventati una bella risposta, ché la fantasia un ti manca, maremma boia», disse lui, pagando il conto del bar.

«Grazie, caro. Se tu non fossi gay, io mi innamorerei di te», rispose con un sorriso a denti stretti.

«Fine della riunione», decretò Vieri e lasciò una mancia per il cameriere.

Soltanto a sera, prima di uscire dall'ufficio, Gloria riaprì la mail di Alain Gandolfi, la rilesse e si ripresentarono il disagio e l'irritazione nei confronti di quell'ometto isterico e prepotente.

D'impulso telefonò a Maria Sole. Le rispose una voce infantile affannata che lei conosceva bene e che disse: «Io sono Michele. Tu chi sei».

«Ciao, Miki. Come stai?» disse lei.

«Zia Gloria! Io sto facendo la lotta con papà Alberto.»

«Chi vince?»

«Vinco io, ma solamente perché lui mi lascia vincere. Oggi, all'asilo, ho fatto i telai delle allacciature. Una fatica. Adesso chiamo la mamma.»

Maria Sole prese la comunicazione e Gloria le domandò subito: «Se sei occupata ti richiamo in un altro momento».

«Mi sposto nell'altra stanza e ti ascolto», disse l'amica.

In pochi minuti Gloria le riassunse la storia del profumiere e le lesse l'ultima mail, concludendo: «Questa dichiarazione d'amore, così fuori luogo, mi irrita, e se la permette perché è consapevole d'essere un cliente importante. Se lo mandassi al diavolo, lui potrebbe chiudere immediatamente il rapporto con la mia agenzia. Sbaglio se giudico i regali e le mail come una prepotenza?»

«Gloria, lui ti sta usando violenza. Ti sta dicendo: Io sono un cliente che fa la differenza per la tua agenzia, quindi posso fare quello che desidero. Desidero portarti a letto e tu acconsenti. Se fai la difficile, io chiudo il contratto. Questa si chiama violenza e ricatto. Mandalo al diavolo», replicò Maria Sole.

«Dimentichi che ho un socio che ha il diritto di dire la sua», osservò Gloria.

«Vieri ti capirebbe», obiettò l'amica.

«Vieri ha la delicatezza di una donna, ma la testa di un ragioniere. Per lui è importante fare cassa. Comunque io non sarei così sicura che quel francese sporcaccione abbia il coltello dalla parte del manico.»

Alla fine Gloria decise di ignorare la mail del profumiere.

Maria Sole

1

Maria Sole uscì dal salotto dove si era isolata per parlare con Gloria e sentì il chiacchiericcio che proveniva dalla cucina dove il piccolo Michele confabulava con Antonella, la loro domestica, che preparava la cena.

Si affacciò sul soggiorno. Alberto, conclusa la lotta con il bambino, stava lavorando sul suo tablet. L'uomo alzò lo sguardo su di lei e domandò: «Ci sono problemi?»

«Come sempre, amore mio. Questa volta si tratta di uno stalker che perseguita Gloria spudoratamente», spiegò lei, sedendogli accanto.

«Posso fare qualcosa?» le domandò il suo compagno.

«Dargli una scarica di bastonate. Ma questo non si può fare.»

«Dipende. Se qualcuno infastidisse te, io lo farei.»

«Lo so. Per questo ti amo», sussurrò lei, dandogli un bacio sulla guancia.

«Chi è questo infame?» replicò Alberto, ignorando il bacio.

«Un cliente della sua agenzia.»

«Fosse pure il re d'Inghilterra... Hai detto che è un cliente?»

Maria Sole annuì.

«Il cliente è prezioso, soprattutto se è importante. Allora bisogna cambiare strategia.»

«Mi meraviglio di te che sei un uomo tutto d'un pezzo. Dov'è finito il bastone?» domandò lei, con fare malizioso.

«Lo sto foderando di velluto. Gloria avrà bisogno del sostegno di Vieri e anche di quello di Sergio che terrà in mano il bastone foderato di velluto», decretò Alberto.

Maria Sole rimase in silenzio per una manciata di secondi. Poi si illuminò e disse: «Adesso capisci perché ti amo? Perché hai una marcia in più, amore mio. Sei un equilibrista delle situazioni difficili e trovi sempre la soluzione migliore per venirne a capo. Devo richiamare subito Gloria», esultò, digitando il suo numero sul telefonino.

«Ti disturbo?» le domandò Maria Sole.

«Figurati! Sto riordinando la scrivania e poi torno a casa, perché Sergio e le mie belve mi aspettano.»

«Hai risposto alla mail del porco?»

«Assolutamente no. E non gli risponderò mai. Anzi, ho deciso che Vieri deve aiutarmi, non so ancora come, ma so che lo farà e, se non bastasse, coinvolgerò il mio Sergio che dovrà sempre starmi accanto ogni volta che dovrò confrontarmi con Gandolfi. Sarà la mia guardia del corpo», spiegò Gloria, tutto d'un fiato.

«Ti ho chiamata proprio per questo. È la stessa soluzione che ha proposto Alberto, al quale ho raccontato del tuo disagio. Ma perché non sono scaltra come voi?» domandò Maria Sole.

«Perché sei onesta e incapace di ogni malizia. Ti voglio bene, amica mia», la salutò Gloria.

Michele irruppe nel soggiorno saltellando felice, al grido di: «La pappa è in tavola. E c'è anche il tiramisù!»

Maria Sole prese per mano il suo bambino e disse: «Allora andiamo subito a tavola».

Mentre cenavano, il piccolo annunciò: «Alberto mi ha promesso che sabato mattina mi porta al Planetario».

«Davvero!» esclamò lei con fare incredulo. E proseguì con fare ingenuo: «Che cos'è questo Planetario?»

«È un posto dove tu vai dentro e poi ti siedi al buio, ma proprio buio buio, e poi guardi in alto e vedi tutte le stelle del cielo. E tra queste stelle c'è anche quella del mio papà vero», spiegò il bambino.

Michele chiama «papà vero» Mariano, il bellissimo marito di Maria Sole.

Di lui non serbava alcuna memoria, ma faceva parte della sua vita, perché la mamma gliene parlava spesso e gli mostrava le sue fotografie, gli oggetti che gli erano appartenuti, i libri che amava leggere la sera, prima di addormentarsi, così come faceva nonna Cristina, la madre di Mariano. La donna custodiva come reliquie molti giocattoli di quando Mariano era bambino, ma non consentiva a Michele di prenderli in mano, perché avrebbe rischiato di romperli.

«Ma quando sarai più grande, te li darò e li metterai nella tua cameretta», gli diceva.

«Non mi dai nemmeno il camion dei pompieri?» aveva chiesto guardando la nonna con occhi supplichevoli.

Quel camion rosso aveva una manovella e, girandola, si alzava una lunga scaletta a pioli. Michele lo desiderava così tanto che, un giorno, Maria Sole ne acquistò uno e glielo regalò. Era bellissimo, ma Michele non ci giocò mai, perché quello che voleva era l'altro, che era appartenuto al papà vero.

Michele chiamava zio Pablo il ballerino di danza classica che era stato il compagno di suo padre.

I due si erano molto amati e, dopo la morte di Mariano, il ballerino aveva conquistato la stima di Maria Sole che gli aveva aperto la porta di casa sua.

Da allora, di tanto in tanto, Pablo cenava con lei e il piccolo Michele, al quale portava giocattoli che acquistava in giro per il mondo, quando andava in tournée, e gli descriveva la magia del palcoscenico. Il bambino non capiva tutto, ma lo ascoltava affascinato.

Maria Sole era riuscita a perpetuare la memoria del padre attraverso le persone che lo avevano conosciuto e apprezzato per la sua generosità e la sua dolcezza.

Mariano, ignaro lui stesso della sua tendenza, anzi convinto di essere innamorato di Maria Sole, la sua amica del cuore, una volta diventati adulti l'aveva sposata e, solo dopo la nascita del figlio, l'incontro con Pablo gli aveva fatto scoprire la sua reale natura.

Ora, mentre sedevano a tavola, nella stanza da pranzo dell'appartamento di via Leopardi, il piccolo Michele teneva banco con le sue domande.

«Come farò a riconoscere la stella del mio papà vero?» domandò, guardando alternativamente la mamma e Alberto.

«La riconoscerai perché è la più bella e la più luminosa», disse Maria Sole.

«Mammina, perché non vieni con noi?»

«È sicuro che verrò con voi. Non voglio perdere l'occasione di mandare un bacio al tuo papà vero», lo rassicurò.

«Papà Alberto ha avuto davvero una bella idea», annuì il piccolo, portandosi alla bocca una grossa cucchiaiata di tiramisù. E proseguì: «Vedrò anche la stella del papà di Camilla?»

«C'è anche quella!» garantì Maria Sole.

«Allora dobbiamo dire a zia Carlotta di venire con noi.»

«Alziamoci subito da tavola e andiamo a telefonarle», lo spronò sua madre, che aveva lasciato il cellulare in cucina.

In quel momento, la domestica entrò in sala da pranzo porgendole il cellulare che trillava.

2

Maria Sole rispose: era Carlotta. Le spiegò che Kiky le aveva chiesto un giorno di permesso, perché doveva sbrigare alcune pratiche al suo consolato per il rinnovo del permesso di soggiorno, lei aveva un colloquio in carcere, con una detenuta, alle nove del mattino e chiedeva a Maria Sole di farsi carico di Camilla per l'intera giornata.

«Non c'è problema», disse Maria Sole.

«Domattina alle otto la porto da te. La prossima volta ti racconterò la storia della mia cliente che è una povera donna senza un soldo, messa in galera per ubriachezza molesta.»

«Mi racconterai», disse Maria Sole.

«Ma non ora e non al telefono», precisò l'avvocatessa.

«Domattina, quando sei in prossimità del mio palazzo, chiamami. Sarò sul portone di casa ad aspettarti», disse Maria Sole, concludendo la telefonata.

Andò nel soggiorno. Il suo Michele sedeva sul divano

accanto ad Alberto ed era sul punto di addormentarsi. Lei lo prese in braccio e gli disse: «Piccolo mio, dobbiamo mettere il pigiamino, perché è ora di andare a nanna».

«Prima voglio il bacino di papà Alberto», disse il bambino.

Il compagno di Maria Sole era una presenza molto importante nella crescita di Michele. Certo avrebbe preferito che madre e figlio si trasferissero a Paraggi, a Villa Sans-souci, dal momento che, a Genova, lui era il titolare di una nota agenzia pubblicitaria e viveva ancora nella portineria di Villa Sans-souci.

Maria Sole però era impegnata con il suo nido a tempo pieno.

Alberto, che aveva capito benissimo quanto questa attività fosse importante per lei, aveva deciso di rischiare e aveva aperto una filiale della sua agenzia genovese a Milano, così si divideva tra le due città e, inaspettatamente, il suo business era decollato in tempi brevi, tanto che lui ne aveva affidato la conduzione a Felicita Granzotto, la sua assistente migliore, che aveva accettato di trasferirsi da Genova a Milano senza battere ciglio.

Cristina e Ludovica, rispettivamente suocera e madre di Maria Sole, avevano accolto quasi con sollievo il nuovo fidanzato che conoscevano fin da quando era bambino ed era il compagno di giochi e marachelle del povero Filippo.

Quella sera, dopo che Michele si fu addormentato, e Antonella ebbe riordinato la sala da pranzo, ritirandosi poi nella sua camera, Alberto e Maria Sole si rilassarono sul divano a seguire una serie televisiva su Netflix. Si intitolava *Sex Education* e raccontava le pulsioni sessuali di giovanissimi studenti di un liceo inglese, delle amicizie e dei disaccordi, del ruolo dei loro insegnanti e dei genitori.

«Noi siamo relativamente giovani e quindi non lontani da questa nuova generazione, ma io non ho memoria di queste pulsioni sessuali», osservò Maria Sole.

«Io sì e anche tuo fratello Filippo. Tu eri un caso speciale. Avevi il tuo fidanzatino Mariano, e vi bastava tenervi per mano e scambiarvi baci innocenti che lo facevano arrossire, perché lui non sapeva di essere omosessuale, ma proprio perché lo era, l'ultimo dei suoi desideri era quello di spingersi oltre. A te stava bene così, ma ti assicuro che le tue compagne di scuola erano molto più sveglie e noi maschietti andavamo a nozze con loro», la smentì Alberto.

«Io ci sono arrivata tardi, ma non ho rimpianti, perché ho un amante straordinario che mi ha fatto scoprire le gioie dell'amore con gentilezza e generosità. E adesso, ogni volta che faccio l'amore con lui, per me è una festa», disse lei con un sorriso malizioso.

«Parli di me?» domandò lui con aria innocente.

«Presuntuoso! Sto parlando del mio portinaio! Quanto sei scemo», rise lei, guardandolo con desiderio.

Alberto spense il televisore, si alzò in piedi, la sollevò afferrandola per le ascelle e le sussurrò qualcosa all'orecchio.

«Mi fai arrossire», replicò Maria Sole, seguendolo verso la loro stanza da bagno.

Alberto aprì il getto della doccia, mentre lei iniziava a spogliarsi.

Più tardi, quando si infilarono nel letto, Maria Sole si strinse al suo compagno e gli disse: «Ti sono tanto grata per l'amore che mi offri, Alberto mio».

«Come io sono grato a te per la stessa ragione.»

Nella luce ovattata delle lampade sui tavolini da notte, stretti l'uno all'altra, presero a raccontarsi la loro gioiosa serenità ricordando un'estate sulla spiaggia di Paraggi, quando lui e Filippo leggevano i giornalini di Tex e lei li aveva raggiunti mostrando una guancia arrossata da uno schiaffo secco di sua madre che l'aveva colpita all'improvviso dopo che Maria Sole le aveva chiesto perché un certo scrittore arrivasse in visita ogni volta che non c'era suo padre.

Che fosse il suo amante, lei lo aveva saputo tempo dopo, ascoltando di nascosto un dialogo serrato tra sua madre e la suocera.

La storia era finita quando Filippo si era ucciso con un colpo di pistola ed erano affiorati i suoi sensi di colpa.

«Ma non si è mai sentita in colpa per aver favorito il mio legame con Mariano. Eppure, sia lei sia mia suocera avevano intuito da un pezzo che lui era diverso dagli altri ragazzi», disse.

«Tuo fratello e io, sebbene fossimo ancora adolescenti, avevamo capito benissimo le inclinazioni del tuo ragazzo, ma eravamo anche sicuri che, un giorno, te ne saresti accorta», disse Alberto.

«Come avrei potuto? Ero di un'ingenuità allarmante e tu lo sai molto bene.»

«Io so solamente che tu mi piacevi, ma ti consideravo inarrivabile. Ero il figlio dei guardiani di Villa Sans-souci. Tra te e me c'era la distanza che esiste fra la Terra e la Luna.»

«Però, anni dopo, quando io mi sono separata da mio marito, mi hai baciata in una sera d'inverno, sulla spiaggia di Paraggi e dopo, infame, mi hai detto che non ero ancora pronta per vivere una nuova storia.»

«Allattavi ancora il tuo Michele e con Mariano vi eravate separati da poco. Cercavo di essere responsabile.»

«Sei sempre stato responsabile. Sei riuscito ad andare all'università e a ottenere una laurea, mentre facevi il cameriere per non essere di peso a tua madre che, nel frattempo, aveva perso il marito», disse Maria Sole.

«E adesso siamo qui, in questo grande letto, a ricordare i nostri anni difficili e a godere della nostra vicinanza. A me sembra che la vita voglia ricompensarmi per i tanti patimenti che mi ha inflitto», disse Maria Sole.

«Che ne diresti se prendessimo in considerazione l'idea di sposarci?»

«Cambierebbe qualcosa nel nostro rapporto?» domandò lei.

«Voglio credere che non cambierebbe nulla, però tu saresti mia moglie e questo mi piacerebbe moltissimo.»

In quel momento Maria Sole pensò a Carlotta e al suo strazio per la morte improvvisa di suo marito, del quale era innamoratissima.

«Vedo dei lucciconi nei tuoi occhi. Che cosa ti succede?» le domandò Alberto.

Lei non rispose e lui le asciugò due lacrime.

«Che cosa succede alla mia ragazza?» insistette lui.

Maria Sole emise un lungo sospiro e poi confessò: «Ho paura che il matrimonio possa segnare la fine della nostra serenità. E mi spiego facendo riferimento a Gloria, Andreina e Carlotta. Siamo amiche inseparabili ormai da una vita, come sorelle. Io mi sono sposata giovanissima e mio marito è morto. Carlotta si è sposata in età matura e suo marito è morto. Gloria continua ad amare Sergio e lui è vivo e vitale, però non si sono sposati. Andreina ormai fa coppia fissa con Marco, che non è il padre della sua Viviana e lei non ha intenzione di sposarlo. Insomma, due di noi quattro sono vedove. Chi mi assicura che tu non moriresti dopo avermi sposata? Io ho come la sensazione che la sorte, per essere benevola, non ci voglia legalmente coniugate. Non voglio perderti, perché ti amo moltissimo, per colpa di un certificato che sancisce che siamo una coppia legittima.»

Alberto si rizzò a sedere sul letto e la guardò preoccupato.

«Tesoro, sei sicura di stare bene? Te lo chiedo perché mi sembri in preda al delirio», disse.

«Forse sono addolorata per il lutto di Carlotta, e non dimentico il mio strazio per la fine di Mariano. Ora sono così felice di averti con me, che temo l'invidia degli dei. Tu sai quanto possano essere perfidi con chi è troppo felice», disse lei, abbracciando il suo compagno.

«Sei una bambina meravigliosa, e io ti amo e ti prometto che non ti lascerò mai sola e, se il matrimonio ti spaventa, non ne parleremo mai più. Ti va bene, così?» le sussurrò.

Lei annuì e lo abbracciò con gratitudine.

3

PER i piccoli ospiti, il Nido del Sole era una seconda casa nella quale erano liberi di aggirarsi ovunque e ovunque c'era una maestra che non li perdeva di vista. Imparavano a familiarizzare con i libri illustrati, a pasticciare con i gessetti colorati sulle lavagnette di plastica. Giocavano in gruppo, cantavano canzoncine e filastrocche, ballavano assecondando il ritmo della musica. Erano felici e capitava che, quando le mamme venivano a prenderli per riportarli a casa, alcuni protestassero vivacemente, perché volevano fermarsi al nido.

Maria Sole controllava tutto e tutti e aveva un'attenzione particolare per i cuccioli più difficili che, talvolta, vivevano situazioni famigliari complicate. Per loro c'era una psicoterapeuta infantile che li seguiva da vicino e richiedeva incontri con i genitori per esporre le difficoltà dei figli.

Non sempre i genitori capivano e collaboravano. Più spesso rifiutavano l'aiuto della dottoressa.

Mesi addietro, la psicoterapeuta e la pediatra avevano scoperto un caso dolorosissimo di abusi di un padre sulla figlioletta.

Era subito partita una denuncia. L'uomo, il direttore generale di una multinazionale, era stato arrestato. La piccola era stata affidata ai nonni materni e veniva seguita dai servizi sociali, ma tutti sapevano che quel genitore degenere aveva segnato per sempre il futuro della bambina.

Quello era stato un momento drammatico per Maria Sole e le collaboratrici del nido che, peraltro, erano state elogiate dagli organi inquirenti. Elogi che non erano serviti a mitigare l'amarezza del personale.

Confrontandosi con le amiche del cuore, durante una delle loro cene del giovedì, Maria Sole aveva pianto mentre raccontava quella brutta storia.

Dopo il blackout imposto dal lutto, un giovedì sera, Maria Sole si ritrovò con le amiche nella saletta del solito ristorante e raccontò la sua paura di sposare Alberto.

«Mi sembri un po' scema», disse Andreina, scuotendo il capo.

«Convengo in pieno. Vi conoscete da sempre, con lui hai scoperto le gioie dell'amore. È intelligente e intraprendente. È perfino bello. Va d'accordo con tuo figlio. Perché negargli la gioia di essere tuo marito?» la incalzò Gloria.

«Perché non guardate voi stesse, invece di criticare me? Tu, Andreina, hai cancellato dalla tua vita l'americano che è il padre di Viviana. E tu, Gloria, non legalizzerai mai il tuo rapporto con Sergio, nonostante abbiate due figli. Hai mai riflettuto sulle ragioni di questo rifiuto?» si ribellò lei.

Carlotta le osservava pensosa e taceva.

Era trascorso più di un mese dalla morte di Gianni e l'avvocatessa, che aveva temuto di dover affrontare l'espressione mesta della signora Pia Mantovani e le parole di condoglianze che la irritavano, era stata smentita dal suo sorriso particolarmente dolce e dal silenzio su quanto le era accaduto.

La donna si era limitata a dire: «Non immaginate quanto mi abbia fatto piacere la vostra telefonata per prenotare la saletta. Siete le mie clienti predilette e ho preparato un menù davvero speciale. È il mio modo per dirvi quanto vi sono affezionata».

Le amiche stavano infatti gustando in silenzio dei tagliolini all'uovo conditi con funghi porcini di prima scelta che emanavano un profumo intenso, accompagnati da un Màndola rosso dal gusto vellutato dei Fratelli Berlucchi.

A un tratto Maria Sole si rivolse a Carlotta e le domandò: «Sembro scema anche a te?»

«Mi sembri saggia», rispose l'amica.

«Però, tu avevi scelto di sposarti.»

«Per unirsi in matrimonio, è indispensabile essere in due a volerlo. Gianni e io abbiamo desiderato farlo. Tu, invece, non vuoi. Quindi, come diceva il Manzoni ne *I promessi sposi*, questo matrimonio non s'ha da fare.»

«A parole. Nei fatti, temo che Alberto si senta umiliato dal mio rifiuto. Dopotutto, un marito l'avevo già avuto, a vent'anni. Sappiamo com'è finito. Quante a te, Carlotta mia, sappiamo che stai soffrendo.»

«Invece non lo sai. Non puoi saperlo, perché il tuo legame con Mariano era diverso dal mio con Gianni. Il dolore per la sua perdita è una belva feroce che mi ha azzannato a tradimento, senza alcuna pietà e mi ha strappato la carne a morsi. Ma poi arriva il momento in cui devi fare pace con questa belva e cominci a leccarti le ferite come sto facendo io. Guardo la mia bambina e in lei ritrovo lo stesso sguardo di Gianni, percepisco nella sua indole la stessa onestà e allora sento che l'uomo della mia vita è ancora con me e non mi lascerà mai. Lo rivedo in una sera d'inverno, dopo che mi aveva lasciato, con indosso il suo cappotto di cachemire nero, accucciato sullo zerbino, davanti alla porta del mio appartamento, con una bottiglia di bollicine in una mano e due flûte di cristallo nell'altra ad aspettare di vedermi uscire dall'ascensore per spiegarmi che non aveva mai smesso di amarmi e che desiderava solamente trascorrere il resto dei suoi giorni al mio fianco. Mio Dio, com'era bello, gentile e affascinante. Da quando non c'è più, ogni volta che esco dall'ascensore per entrare in casa, lui è ancora lì, accucciato sullo zerbino, le spalle addossate alla porta di casa, pronto a offrirmi un bicchiere di bollicine fresche e tutto se stesso. Per il mondo, lui non c'è più, ma per me lui continua a essere il mio amatissimo marito», disse Carlotta.

Le amiche la ascoltavano in silenzio, gli occhi umidi di commozione.

In quel momento, la signora Pia fece il suo ingresso nella saletta.

Reggeva, come un trofeo, una terrina da cui si sprigionavano gli aromi del caffè e del cacao.

La piazzò al centro del tavolo e disse: «Questo tiramisù l'ho preparato io, nella cucina di casa mia, per le mie ospiti preferite ed è il mio omaggio per addolcirvi il palato e il cuore».

Subito dopo arrivò un cameriere con una bottiglia dorata di preziose bollicine di Bottega. La stappò, riempì i loro bicchieri e poi uscì dalla saletta, seguito dalla proprietaria del ristorante.

Carlotta alzò per prima il bicchiere e disse: «Vorrei fare un brindisi ai nostri meravigliosi uomini, primo tra tutti a mio marito Gianni. Poi al tuo Alberto, cara Maria Sole, perché da tempo ti offre il suo sostegno incondizionato e vuole molto bene a te e al tuo Michele. Vorrei brindare anche al grande Sergio, cara Gloria, che ti è accanto da oltre vent'anni e non troverai mai un compagno migliore di lui. Infine, Andreina mia, a te dedico un doppio brindisi: uno per Marco, lo chef stellato che è stato anche il tuo primo fidanzato, e a Bill, il grande assente, perché è il padre della tua deliziosa Viviana, a sua insaputa, e prima ti deciderai a dirglielo, tanto meglio sarà per te e per lei».

Andreina

1

QUELLA sera, rincasando, Andreina trovò Adele nel soggiorno. La donna stava lavorando all'uncinetto, mentre guardava la tivù.

«Che ci fai alzata a quest'ora?» le domandò, preoccupata.

«Aspettavo te, figlia bella», rispose la donna, guardandola con un sorriso dolce.

Andreina si tolse il soprabito di lana blu, le scarpe a mezzo tacco dello stesso colore, calzò un paio di buffe pantofole con il muso di un gatto sulla tomaia. Con i palmi delle mani si accarezzò l'abito di jersey color panna e andò a sedere accanto a lei.

Adele spense il televisore, posò il suo lavoro all'uncinetto, poi disse: «Dobbiamo parlare».

«Alle undici e mezza di sera? Se devi darmi una brutta notizia, fallo subito», si allarmò la giovane.

«Quale brutta notizia?» domandò Adele.

«E che ne so? Tipo che vuoi tornartene a Porto Cesareo, perché ti sei stancata di occuparti di me e della mia bambina.»

«Ma quando mai? Non sono mai stata così bene come da quando vivo qui, con te, a Milano. Se lo avessi saputo prima, sarei emigrata al Nord, con la tua mamma, tanti anni fa.»

«Adele, non prenderla alla lontana. A quest'ora, tu di solito dormi e io pure, se non devo cenare con le mie amiche, come ogni giovedì. Di che cosa dobbiamo parlare?»

«Di te, figlia bella.»

«Ci risiamo. Tu vuoi che mia figlia abbia un padre e temi per il suo e il mio futuro. Ma io, come mia madre, non ho bisogno di un marito e non mi sposerò per fare un piacere a te», sbuffò Andreina. Poi si pentì per quel tono sgarbato e abbracciò quella donna semplice e ricca d'amore per lei e la piccola Viviana, e proseguì: «Ti voglio bene, Adele. Te ne ho sempre voluto. Ma non riesco a essere come tu mi vorresti. Capisco la tua preoccupazione per me e la mia bambina, ma se ci pensi bene, ti rendi conto che tu, Viviana e io siamo una famiglia. Non abbiamo preoccupazioni economiche, stiamo bene insieme e, ciliegina sulla torta, abbiamo l'affetto di Marco che, per quanto travolto dal suo lavoro, trova spesso il tempo per stare con noi. Ci rispetta e ci ama. Va d'accordo con te e anche con la nostra piccolina. Almeno per questa sera, facciamoci bastare quello che abbiamo e andiamo a dormire, perché è quasi mezzanotte e io ho sonno».

Adele annuì, senza fare commenti. Ripose nel cestino da lavoro la lana e l'uncinetto, le diede un bacio sulla fronte e, con voce rassegnata, sussurrò: «Com'è difficile riuscire a parlare con te».

Uscì dal soggiorno e si avviò verso la sua stanza. Andreina la imitò, ma prima di andare a letto, entrò di soppiatto nella cameretta di sua figlia. La piccola dormiva profondamente. Si chinò su di lei, annusò il suo profumo, depose un bacio lieve sulla guancia rosata della sua meravigliosa bambina e sorrise, il cuore gonfio d'amore per lei.

«Tesoro mio, assomigli tanto a tuo padre», sussurrò.

Si rifugiò nel suo letto, pensò a Bill e ricordò il loro ultimo incontro che risaliva alla fine del 2019, quando lei era entrata nel terzo mese di gravidanza e la sua condizione non era ancora visibile.

Poi era esplosa la pandemia e, da Boston, Bill le inviava quasi ogni sera lunghe mail per dirle quanto lei gli mancasse.

Mesi dopo le aveva scritto per raccontarle dei tradimenti della sua dolcissima moglie, del divorzio che ne era seguito, delle bambine che erano state affidate a lui, che ora era un uomo libero, del suo desiderio di rivederla a Margate, in Inghilterra, nello stesso albergo in cui si erano incontrati due anni prima.

Quando l'aveva raccontato alle sue amiche, loro avevano esultato, perché lei finalmente gli avrebbe svelato la paternità e Viviana avrebbe avuto un padre.

Andreina non aveva condiviso il loro entusiasmo e si era limitata a un laconico: «Vedremo».

Si era presa altro tempo per riflettere e, infine, aveva inviato a Bill una mail, scrivendogli tra l'altro: «Ti avevo chiesto di lasciarmi vivere la mia vita, quand'eri ancora sposato. Ora non riesco a riprendere il nostro rapporto. Ti voglio bene come amico e non posso offrirti altro».

Lui, che era un uomo dolcissimo, aveva replicato: «Ti capisco. I giorni bellissimi e folli che abbiamo vissuto insieme a Margate e a Milano, li custodirò gelosamente nel mio cuore e imparerò a considerarti un'amica preziosa».

Ora, Bill Foster, il supervisore per l'Europa dei grandi magazzini americani della Tulip Inc., tornava in Italia dopo un'assenza di tre anni. Inevitabilmente, si sarebbero rivisti.

Nel silenzio della sua camera da letto, Andreina non riusciva a prendere sonno e si interrogava sulla propria incapacità di accettare un rapporto duraturo con un uomo che l'amava.

Era già un miracolo che si fosse innamorata di lui, dopo aver lasciato due fidanzati che la adoravano. Marco Montagner, lo chef stellato che suonava il pianoforte con il tocco di un angelo, era stato il primo e il più perspicace. Aveva capito che lei era bloccata sul piano dei sentimenti e, pur di non perderla, era stato così abile da diventare suo amico, per restarle accanto.

Dalla nascita di Viviana, Marco e Andreina avevano intensificato i loro incontri e talvolta dividevano lo stesso letto.

Una notte, lui le aveva detto: «Tra pochi anni, la tua Viviana andrà a scuola e le chiederanno di suo padre. Come reagirà a questa domanda?»

«Risponderà che suo padre vive all'estero. Anch'io rispondevo così alla mia maestra e alle compagne che mi chiamavano bastarda. I tempi sono cambiati e, per fortuna, ora nessuno si scandalizza per questo.»

«Ma se tu accettassi di diventare mia moglie, le semplificheresti la vita.»

Allora ricordò la sua infanzia in un paesino sul mare dove la gente sapeva essere maligna anche con i bambini indifesi e il senso di vuoto che, a volte, le toglieva il respiro. Soprattutto da quando sua madre era andata al Nord, affidandola alla famiglia del fratello, lei non sapeva dare un nome al suo disagio che superava dicendosi che viveva in una situazione provvisoria, perché presto la sua mamma sarebbe tornata da lei. E la sua mamma tornava, ma dopo pochi giorni doveva risalire al Nord.

«Perché la mia padrona ha bisogno di me», le spiegava.

«Anch'io ho bisogno di te», avrebbe voluto dirle Andreina e le sembrava d'avere una mamma in prestito e i prestiti si devono restituire.

E lei tornava a essere la bastarda abbandonata anche dalla madre. C'era solamente Adele, l'amica del cuore di sua madre, la zitella che nessuno avrebbe mai chiesto in moglie perché era zoppa, a darle affetto. Le andava incontro quando usciva dalla scuola, le offriva un biscotto o una caramella, le dava una carezza e le diceva: «Porta pazienza. Ne porta tanta anche la tua mamma che lassù a Milano, non fa la bella vita, come dicono le malelingue, ma lavora e mette da parte il suo salario per te, per farti studiare, così che tu non debba mai fare la serva in casa d'altri, come fa lei».

Andreina annuiva, taceva, tornava nella casa dello zio Carmine dove si sentiva in prestito e aspettava il ritorno di sua madre, che la generosità dei padroni le prestava per qualche giorno, di tanto in tanto.

Così era cresciuta portandosi addosso il peso di affetti precari che, alla fine, erano diventati parte della sua formazione interiore.

Quand'era diventata donna e aveva incontrato uomini che le piacevano e a cui lei piaceva, via via che questi si innamoravano, lei si sforzava di dar loro il suo amore in prestito e poi scappava quando l'innamorato di turno minacciava di legarsi a lei per sempre. Tuttavia era consapevole d'aver nutrito una passione cocente per Bill Foster, proprio perché lui era sposato. Il giorno in cui le aveva detto d'aver divorziato dalla moglie, il fuoco della passione si era spento in un istante, perché non poteva accettare di amarlo per sempre.

Ora, il padre di sua figlia sarebbe tornato a Milano e si sarebbero rivisti.

Che cosa sarebbe scaturito da questo incontro?

2

I DIRIGENTI della filiale italiana della Tulip Inc. stavano prendendo posto intorno al lungo tavolo della sala riunioni. Bill Foster era seduto a un capo del tavolo e Andreina fece il suo ingresso nel momento in cui una lama di sole mattutino penetrò dalle vetrate e la colpì illuminandola.

Indossava un tailleur di morbida lana color grigio-argento, e intorno al collo splendeva una sottile catenella d'oro con un pendente che Bill conosceva bene: l'orchidea di Tiffany che lui le aveva fatto avere da una hostess durante il volo che l'avrebbe ricondotta da Londra a Milano. Allora si erano imposti di mettere fine alla loro breve folle storia d'amore. E lei non sapeva ancora di portare dentro di sé il seme di una nuova vita, quella della sua piccola Viviana.

Bill la vide e avvertì un tuffo al cuore.

Andreina notò il suo sguardo e lo paragonò a quello dell'Angelo che si trova di fronte alla Vergine Maria nella tela del Beato Angelico, e la guarda con timore e rispetto per l'annuncio che viene a portarle. Ma non era da lei abbandonarsi a queste ridicole considerazioni. Andò a sedere al suo posto e distribuì sorrisi e saluti.

Depose sul tavolo la cartelletta che conteneva le annotazioni sui temi all'ordine del giorno.

Era emozionata e sapeva che lo era anche Bill, così come sapeva che, conclusa la riunione della mattinata, si sarebbero ritrovati l'uno di fronte all'altra.

L'americano esordì elogiando il lavoro svolto dalla filiale italiana che, dopo il lungo periodo di isolamento causato dalla pandemia, si era ripresa alla grande, superando i profitti degli anni precedenti.

Questo era dovuto alle continue iniziative promozionali tese a incrementare le vendite, al rinnovamento degli spazi espositivi e all'eccellenza del personale addetto ai rapporti con i clienti.

«Siete stati migliori dei francesi e degli inglesi», dichiarò Bill Foster e, all'elogio, fece seguire una battuta scherzosa: «Se a Boston non avessi due figlie da crescere, sarei tentato di lasciare il mio incarico alla casa madre e trasferirmi a lavorare in Italia. La vostra professionalità è eccellente a tutti i livelli. Vivete in mezzo alla bellezza e non sempre ve ne rendete conto. Io amo questo Paese».

Andreina intuì che quelle parole erano dirette a lei. Sorrise come gli altri, non fece commenti e, quando venne il suo turno, disse: «Domani vorremmo illustrarti un progetto al quale stiamo lavorando da alcuni mesi, per rinnovare il bar-ristorante all'ultimo piano, compreso lo spazio della mensa dei dipendenti. Sulla parete di fondo vorremmo inserire alcune piccole vetrine protette da cristalli infrangibili in cui esporre una serie di gioielli di fattura italiana, per capire se la nostra clientela si mostra interessata. Nell'attuale crisi economica, c'è una grossa fetta di Paese che diventa sempre più ricca e dunque pensavamo a un ristorante a tre stelle per un target di ospiti medio-alto, in grado di donare monili raffinati alle loro signore. Lo chiameremmo Tulip Orchid», spiegò, accarezzando il gioiello a forma di orchidea che portava al collo.

«Domani esaminerò le vostre ricerche di mercato e i preventivi di questa iniziativa che mi sembra molto interessante», dichiarò l'americano a conclusione di quella lunga mattinata di lavoro. Tutti stavano lasciando la sala riunioni e si dirigevano verso gli ascensori per salire al bar-ristorante dove era stato organizzato un aperitivo.

Andreina e Bill si ritrovarono sullo stesso ascensore a guardarsi negli occhi.

In quel momento, le mancò il respiro sopraffatta da un'emozione sconvolgente: era ancora innamorata di lui.

«*How are you?*» le chiese Bill in un soffio.

Le porte scorrevoli dell'ascensore si spalancarono sul vestibolo del ristorante e lei rispose in un sussurro: «*Excited to see you again*».

Mentre i dirigenti della Tulip andavano a salutare Bill,

il direttore del personale prese Andreina in disparte e le domandò: «Tra te e l'americano, c'è qualcosa che non so?»

«Perché me lo chiedi?»

«Bambina, non sono nato ieri. È da stamattina che mister Foster ti indirizza sguardi intensi e ti ho vista arrossire più d'una volta.»

«Perché non lo chiedi a lui?»

«Fossi scemo! È il mio capo e non ho nessuna voglia di dargli fastidio.»

«E se dessi fastidio a me?» replicò lei, quasi volesse sfidarlo.

«Ti ricordo che ti ho quasi aiutata a partorire, che ti conosco da quando sei arrivata in azienda fresca di laurea. Quindi sei pregata di appagare la mia curiosità.»

Allora Andreina lo prese sottobraccio e lo guidò verso la grande vetrata che si affacciava sul terrazzo, lontana dal brusio delle chiacchiere, delle battute scherzose, delle risate.

«Io te lo dico, ma tu tieni per te le confidenze che ti faccio», bisbigliò.

«Ti ascolto.»

«Giura che non ne parlerai con nessuno», insistette Andreina.

«Mi sto preoccupando.»

«Allora è meglio se taccio.»

«Nemmeno per sogno. Sputa l'osso, ragazzina», la sollecitò con fare paterno.

«Bill Foster è il padre di mia figlia», gli bisbigliò all'orecchio.

L'uomo la guardò stupefatto e disse: «Che notizia bomba! Voglio sapere tutta la storia».

«Un'altra volta. Adesso non mi sembra il momento migliore per le confidenze.»

«Anche perché il *lupus in fabula* sta venendo verso di noi», replicò lui, allontanandosi per lasciarli soli.

«Andreina», disse l'americano in un sussurro, guardandola turbato.

«Bill!» replicò lei, con l'accenno di un sorriso.

«È troppo se ti chiedo di vederci da soli?» le domandò.

«Quando?» si limitò a domandargli.

«Questa sera, dove vuoi tu.»

«Dopo cena ti aspetto a casa mia.»

«Davvero?» chiese Bill.

«Davvero!» replicò lei, allontanandosi per andare a posare il bicchiere di bollicine che teneva in una mano.

Fu la prima a lasciare il bar. Salutò tutti frettolosamente e si diresse verso un ascensore.

3

«SANTA Cesàrea, aiutala tu», esclamò la vecchia Adele, invocando il nome della patrona del loro paese nel momento in cui Andreina le annunciò l'arrivo di Bill. E soggiunse: «Io non voglio essere il terzo incomodo, tra te e Bill, per cui ti lascio sola con la tua bambina e scendo al piano di sotto a guardare la televisione con la mia amica Teresa».

Teresa era un'anziana vedova che viveva nell'appartamento sottostante quello di Andreina. Le due donne erano diventate buone amiche e si scambiavano visite e cortesie.

«Adele, tu non sei il terzo incomodo. Fa' conto di essere mia madre. Tu starai qui, perché questa è anche la tua casa», decise Andreina.

Stavano cenando in cucina con una cotoletta alla milanese e un contorno di lattuga fresca.

Viviana sedeva con loro e ascoltava le due donne, mentre masticava la sua cotoletta che era tra i cibi che le piacevano di più. Deglutì un boccone e domandò: «Chi è Bill?»

«È un signore che vive in America ed è venuto a Milano a controllare il mio lavoro e quello di tutte le persone che lavorano alla Tulip», le spiegò sua madre.

«È brutto e cattivo?» volle sapere.

Sua madre le sorrise e la rassicurò: «È una brava persona ed è bello e biondo come te».

La bambina raccolse dal suo piatto una manciata di insalata e se la mise in bocca. La masticò lentamente, la deglutì e domandò: «Però tu mi metti a letto e mi leggi una favola. Vero?»

«Come sempre, amore mio», rispose Andreina.

Finita la cena, Viviana scivolò giù dalla sedia e annunciò: «Vado a lavarmi le mani».

Andreina la tallonò fino nella stanza da bagno, la aiutò a lavarsi e a spazzolarsi i denti.

Per la sua età, Viviana era molto autonoma. Quando furono nella sua cameretta si spogliò da sola e si infilò il pigiamino mentre sua mamma la osservava.

Poi prelevò dalla sua piccola libreria un volumetto intitolato *Il gatto che insegnava a essere felici*. Lo porse a sua madre e le ordinò: «Leggimi questo».

«Lo abbiamo già letto ieri sera», osservò Andreina.

«Lo so che me lo hai già letto. Però voglio sentirlo un'altra volta», disse, infilandosi sotto la coperta.

Sua madre iniziò a leggere e la piccola la interruppe domandando: «Viene anche lo zio Marco, questa sera?»

«Lo zio Marco è nella cucina del suo ristorante a preparare il cibo per i suoi clienti.»

«Però certe sere viene anche qui a portarci cose buone da mangiare.»

«Solamente la domenica, quando il ristorante è chiuso.»

«A me piace lo zio Marco. Lui mi vuole bene.»

«Vivì, vuoi parlare di zio Marco o vuoi che ti legga la storia del gatto?»

Era evidente che sua figlia era preoccupata per l'arrivo dell'ospite misterioso e lei non sapeva come rassicurarla.

Così le disse: «Preferisci rimanere sveglia e conoscere questo signore americano?»

«Ma lui parla come noi o parla solo americano?»

«Sa solamente poche parole in italiano. La sua lingua è l'inglese. Ma puoi insegnargliela tu la nostra lingua.»

A quel punto la piccola fece uno sbadiglio, si girò su un fianco e sussurrò: «Ho sonno. Finisci di leggermi la storia del gatto». Evidentemente, la tranquillità di sua madre l'aveva rassicurata. Dopo alcuni minuti, mentre la mamma leggeva, si addormentò.

Andreina sgusciò fuori dalla cameretta in punta di piedi e raggiunse Adele che era nel soggiorno e seguiva le notizie del telegiornale.

Vedendola comparire, spense il televisore e le rivolse uno sguardo tenero e ansioso.

«Adesso che siamo sole, posso sapere che cosa succede?» domandò.

«Non lo so, Adele mia. Non lo so davvero», disse lei, smarrita.

«Qualcosa sai, altrimenti non avresti invitato qui il padre della tua bambina.»

«Lui è tornato in Italia e io non potevo esimermi dall'incontrarlo, visto che c'era una riunione di lavoro. Non te ne avevo parlato, perché fino all'ultimo speravo di poterlo evitare, magari dandomi malata. Ma ho capito che non posso nascondermi per sempre, visto che lavoriamo entrambi per la stessa azienda. Così mi sono presentata alla riunione, sperando in un incontro cordiale con un ex innamorato. Ero sicura che, tra noi, si sarebbe instaurata la stessa amicizia che mi lega a Marco, che è ormai di famiglia e che la piccola considera suo zio, come sono zie le mie amiche», prese a spiegare.

«Amico per modo di dire, perché con lo chef ti capita di dividere anche il tuo letto», osservò la donna.

«Adele, per favore! Siamo giovani, siamo stati fidanzati. Lui è divorziato, ci vogliamo sinceramente bene e qualche volta ci scappa una notte d'intimità. Dopotutto, non sono una suora.»

«Ho capito. I tempi sono cambiati, le donne si prendono le libertà che, per secoli, la società aveva negato. Ma aspetto che tu venga al dunque con l'americano», si spazientì Adele.

«Questa mattina, quando ci siamo rivisti, è stato come tornare indietro nel tempo, al nostro primo incontro. Ero convinta d'avere smesso di amarlo e, invece, il mio cuore andava a mille. E anche il suo, credo. È stato lui a propormi di vederci e sono stata io a invitarlo questa sera. Non so che cosa ci diremo, ma so che ho tanta voglia di essere abbracciata da lui», ammise Andreina con sincerità.

Adele le diede una carezza e disse: «Che santa Cesàrea ti ispiri le parole giuste. La tua povera mamma, che ti ha voluto tanto bene, che ha sacrificato se stessa per te, perché tu nascessi, perché tu avessi una vita migliore della sua, continua a proteggerti anche da lassù. Segui il tuo cuore, più che la spinta delle emozioni, e avrai un incontro bello con il padre della vostra bambina».

«Ti voglio bene, Adele cara.»

«Anch'io ti voglio bene, ma questa sera sono davvero di troppo», replicò la donna, alzandosi dal divano, pronta a defilarsi.

Andreina la costrinse a sedersi di nuovo.

«Voglio che Bill ti conosca. Voglio che sappia che vivi con me fin da prima che nascesse la mia Viviana. Voglio che tu lo veda e che mi dica che cosa pensi di lui», insistette Andreina.

Erano le nove di sera quando sentirono il suono del citofono.

«Vado ad aprire il portone», disse Andreina scattando verso l'anticamera.

Poi spalancò la porta di casa, aspettando di vederlo comparire nel momento in cui sarebbe uscito dall'ascensore.

Due minuti dopo Bill Foster era di fronte a lei, le mani

occupate da un grande vaso che conteneva una pianta rigogliosa di orchidee bianche. E guardava Andreina con occhi ridenti.

Lei gli indicò il piano di un'antica cassapanca nel vestibolo. Lui vi depose il vaso e poi stettero lì immobili, a fronteggiarsi, senza sapere che cosa fare, che cosa dire.

Allora si abbracciarono.

4

Erano entrambi emozionati e non osarono baciarsi, come avrebbero voluto, ma fu come se il tempo non fosse passato.

«Mentre ero in volo per venire a Milano ho avuto paura di non ritrovarti e quando ti ho vista entrare nella sala riunioni avrei pianto, per quanto ero commosso. Ma adesso sei qui, tra le mie braccia e ho tanta voglia di sorridere», le confessò.

Andreina si staccò da lui e disse: «Andiamo nel soggiorno, voglio farti conoscere il mio angelo custode».

«Allora c'è un altro uomo nella tua vita», replicò Bill deluso.

«È una donna. Si chiama Adele», spiegò lei, precedendolo nella grande sala contornata da divani, poltrone e tavolini, le pareti coperte da quadri antichi e librerie che erano lì dai tempi in cui sua madre era la domestica dei signori Guarnieri che, morendo, l'avevano nominata erede di tutti i loro beni, compreso quell'appartamento.

Vedendoli comparire, Adele si alzò di scatto e andò incontro a Bill dicendogli: «Benvenuto, figliolo. Io non conosco la tua lingua, ma sono contenta di vederti».

L'americano le sorrise e replicò: «*Nice to meet you.* Io ho capito le vostre parole e vi ringrazio. *My name is William, but you can call me Bill*».

E poiché la donna gli tendeva la mano, lui la prese delicatamente nella sua e chinò il capo come a volergliela baciare.

Adele guardò quel gigante biondo e bello, poi si rivolse ad Andreina e sussurrò: «Non ho capito una sola parola, però questo giovanotto è proprio come me lo avevi descritto tu e ti dico che mi piace. Figlia bella, non mandarlo via. Io vado nella mia stanza e vi auguro una buona serata».

Sorrise a entrambi e si dileguò silenziosa, lasciandoli soli.

Andreina spense il televisore, prelevò dal mobile bar due bicchieri e una bottiglia di Haig Dimple, ne versò due sorsi in ogni bicchiere e poi invitò Bill a sedersi di fronte a lei.

«Allora, dove eravamo rimasti?» le domandò lui.

«A quando io ti ho chiesto di smettere di scrivermi, perché non sopportavo più i tuoi sensi di colpa per continuare ad amarmi, poiché avevi una moglie che ti adorava e due bambine meravigliose. Tu hai rispettato la mia richiesta fino al giorno in cui hai ripreso a scrivermi per...»

Bill la interruppe: «So tutto, amore mio. Avevo sperato che raccontandoti dei tradimenti di mia moglie e del nostro divorzio, tu avresti accettato di rivedermi. Poi ci si è messo di mezzo il Covid con il blocco di tutti i trasporti e quando ero sicuro di ritrovarti, incontrandoci a Margate, mi hai risposto che non volevi più vedermi. Allora ho creduto che tu avessi un nuovo amore e mi sono chiuso in me stesso».

Lui bevve un sorso di whisky e lei lo imitò.

«Nessun nuovo amore», disse Andreina. E proseguì: «Soltanto una bella bambina nata dal tuo seme».

Bill l'agguantò per un braccio, guardandola allibito e sibilò: «Ho capito bene?»

«Hai capito benissimo.»

«Tu eri incinta?»

«Sapevo di esserlo quando tu tornasti, poche settimane dopo, da me, qui, in questa casa, e trascorremmo un fine settimana da sballo», disse. E prese a spiegare: «Le mie amiche mi suggerirono di abortire, ma io non potevo farlo, perché l'esserino che mi cresceva dentro era come un fiore sbocciato dai giorni felici del nostro primo incontro».

Bill si fece scuro in volto e con voce aspra domandò: «Perché me lo hai taciuto?»

Lei lo guardò con severità e replicò: «Devo proprio spiegartelo? Tu eri felicemente sposato e io non volevo in alcun modo incrinare il rapporto con la tua dolcissima moglie. Che cosa avresti fatto, al mio posto?»

«Quindi tu hai un figlio di cui io ho sempre ignorato l'esistenza.»

«Una bambina, Bill. Un piccolo angelo alla quale ho dato il nome di mia madre. Si chiama Viviana.»

«Dov'è?» domandò lui, guardandosi intorno. E solo allora si accorse che in un angolo del soggiorno erano disseminati animaletti di peluche, due bamboline, una serie di libri illustrati e un paio di babbucce rosa. «Dov'è?» ripeté.

«Sta dormendo nella sua cameretta.»

«Voglio vederla, prenderla in braccio, guardare il suo viso», disse Bill alzandosi dal divano, in preda all'agitazione.

«Calmati. Se mi prometti di stare buono e in silenzio, ti porto da lei. Ma non devi svegliarla, perché si spaventerebbe. Lei non sa nulla di te. Sa che ha un padre che vive in America e che un giorno verrà a trovarla. Ma le procureresti un trauma se ti vedesse nel cuore della notte.»

Allora lui tornò a sedersi, si coprì il viso con le mani e pianse.

Andreina gli accarezzò i capelli, sussurrando: «Non avrei mai creduto che sarebbe arrivato il giorno in cui vi sareste incontrati. Ho fatto di tutto per non coinvolgerti in questa paternità. Mi ero perfino convinta di aver smesso di amarti. Ma stamani ti ho rivisto ed è stato un nuovo colpo di fulmine. Allora ho capito che era arrivato il momento di dirti la verità».

«Fammela vedere, ti prego», sussurrò.

Lei gli tese la mano e disse: «Seguimi e prometti di non fiatare. È ancora nel primo sonno e non si sveglierà se tu la guarderai vincendo la tentazione di sfiorarla».

Si inoltrarono in silenzio nel corridoio e Andreina aprì la porta della camera di Viviana. Entrarono e lui si accostò al lettino con le sponde a listelli bianchi. Si chinò a scrutare il volto sereno di un angioletto biondo immerso nel sonno, le braccia coperte dalle maniche di un pigiama e le manine che avrebbe voluto sfiorare. Poi levò su Andreina, che era al suo fianco, uno sguardo commosso.

«Andiamo via», bisbigliò lei.

Lui scosse il capo in segno di diniego. Si accoccolò sul tappeto di folta lana color ciclamino e sussurrò: «Ti prego, lasciami qui, da solo».

Lei lo assecondò. Uscì silenziosamente dalla camera e li lasciò soli. Sapeva che Bill aveva bisogno di familiarizzare con una realtà nuova e sconvolgente.

Gloria

1

Al centralino della Alfa Communication arrivò una chiamata da Alain Gandolfi che disse perentoriamente: «Mi passi la signora Tagliaferri».

«Rimanga in linea, per favore. Le passo la segretaria della dottoressa», rispose l'impiegata, senza lasciargli il tempo di replicare.

Subito dopo gli rispose una voce flautata che disse: «Buongiorno, signor Gandolfi, come posso esserle utile?»

«Facendomi parlare con la signora Tagliaferri», rispose l'uomo irritato.

«La dottoressa è fuori sede, ma le passo subito il dottor Campini», annunciò la segretaria.

«Non mi interessa parlare con il dottor Campini. Mi dica dove posso...» Ma non finì la frase, perché arrivò nitida la voce di Vieri che trasudava cordialità.

«Caro maestro, sono felice di sentirla. Ha visto che colpaccio abbiamo messo a punto per il lancio del suo profumo? *Nuit de Gloire* sarà un successo strepitoso, destinato a superare quello di Coco Chanel con il suo *N. 5*. Nessun'altra agenzia di promozione le avrebbe garantito la sponsorizzazione di due star americane del livello di Hudson Stanley e Laura Fulton, due premi Oscar. Mi dica che abbiamo lavorato bene.»

«Al di là delle mie aspettative più rosee. Ma adesso voglio incontrare Gloria», replicò lui, sempre più nervoso.

Vieri e Gloria avevano preparato la messinscena con l'aiuto di Carlotta Biffi che, da avvocato esperto qual era, aveva prima esaminato tutte le clausole del contratto che il profumiere francese aveva firmato con la loro agenzia.

«Il paragrafo sette, se lo leggi attentamente, dice che il Gandolfi è legato a voi per i prossimi cinque anni e non può in alcun modo rescindere il rapporto prima della scadenza, se non pagando una penale di un milione di euro. Non solo: per altri cinque anni lui dovrà continuare a pagarvi le royalties previste al comma undici. Ma chi ha redatto questo contratto?» aveva domandato Carlotta con un sorriso compiaciuto.

«Se non sbaglio, perché qualche volta la mia memoria non mi soccorre, sei stata tu», disse Vieri.

«Proprio così. Se non ricordo male, avevo preso appunti nel corso di una delle nostre cene del giovedì, quando Gloria mi aveva parlato di questo cliente bizzarro che aveva passato in rassegna diverse agenzie di promozione prima di approdare da voi. Ricordo anche di aver spedito il contratto a Gloria dicendole che solo un demente l'avrebbe firmato senza battere ciglio», aveva spiegato l'avvocatessa.

«Questo significa che siamo in una botte di ferro», aveva affermato Gloria, rincuorata.

«Appunto. Quindi, se la palla di lardo fa casino e pretende di parlare solamente con te, altrimenti chiude con la vostra agenzia, sappi che non può farlo», l'aveva rassicurata Carlotta.

Ora, Vieri, forte del suo potere contrattuale, rispose al profumiere: «Come le è già stato detto, Gloria è fuori sede. Io, invece, sono tutto per lei, monsieur Gandolfi, e le dico subito che la sua visita a sorpresa mi crea qualche imbarazzo perché, se lo avessi saputo, sarei venuto a prenderla in aeroporto. Stavo per mandarle via mail i contratti stipulati con i due attori che saranno a Milano alla fine di ottobre. Ho molto da raccontarle a proposito degli spot televisivi che verranno registrati ai primi di novembre e ci terrei che lei fosse presente, anche per conoscere questi divi tanto famosi, che hanno chiesto di alloggiare al *Grand Hotel et de Milan*. A loro interessano molto le vie della moda. La nostra città è famosa nel mondo anche per questo. E lei occuperà una suite accanto alle loro. Pensi che per lei abbiamo prenotato le stanze in cui aveva alloggiato Giuseppe Verdi. E ci saranno anche altre sorprese che le racconterò», disse Vieri trasmettendogli entusiasmo, mentre strizzava un occhio d'intesa a Gloria che sedeva alla scrivania di fronte a lui.

A giudicare dal silenzio del suo interlocutore, il creatore di profumi doveva essere davvero sorpreso.

Invece fu Vieri a essere sorpreso quando l'uomo replicò: «Vorrei mettermi comunque in contatto con la signora Tagliaferri».

«Non è possibile, mi creda», disse Vieri con accento drammatico.

«Io sono venuto appositamente per Gloria, per consegnarle *Hirondelle*, il profumo che ho realizzato per lei.»

Intanto, Gloria non si perdeva una sola battuta della telefonata in viva voce e ora cominciava a dare segni di impazienza, invitando Vieri, con gesti nervosi, a chiudere la conversazione.

«Gloria sarà felice di trovarlo sulla sua scrivania non appena potrà tornare in ufficio, forse tra due o tre giorni. Ma nel frattempo è irraggiungibile, anche per noi.»

Gloria era sempre più nervosa, mentre il maestro profumiere domandava: «Le è successo qualcosa di grave?»

A quel punto, Vieri diede il meglio di sé. Abbassò il tono della voce e sussurrò: «Purtroppo sì. La simpatia che mi lega a lei, caro Alain, mi permetta di chiamarla così, mi induce a rivelarle un segreto un po' scabroso. Ma lei mi deve promettere che terrà per sé la mia indiscrezione».

Gloria lanciò su di lui uno sguardo di stupore, mentre con un gesto della mano formulava una domanda silenziosa: Che ti stai inventando?

«Glielo giuro, caro Vieri», disse l'interlocutore, più che mai incuriosito.

«Lei sa che la nostra Gloria ha un marito, vero?» proseguì il toscanaccio impenitente.

«Non lo sapevo. Ma questo che importanza ha?» sospirò l'ometto.

«Ora il marito ha scoperto che lei lo tradisce da tempo», proseguì, mentre Gloria minacciava a gesti di prenderlo a schiaffi.

«Mi sta dicendo che ha un amante? Bella com'è non fatico a crederlo. L'ho intuito subito che è una donna vivace e, all'occasione, tradisce volentieri. È questo che mi piace di lei», rise lo sporcaccione.

«Lei non ha capito proprio niente, caro Alain. L'amante di Gloria è una donna», concluse Vieri.

Allora, all'orecchio del francese giunse il fragore di qualcosa di pesante che era crollato a terra. Gloria, infatti, il viso stravolto dall'impudenza del suo socio, aveva afferrato una serie di faldoni che erano sulla scrivania e li aveva sbattuti di peso sul pavimento.

«Che cosa è successo?» domandò il francese.

«Sono caduti alcuni libri dalla mensola a parete. Nulla di grave», spiegò Vieri. E soggiunse: «Lei si rende conto di avermi carpito un'indiscrezione molto riservata, vero?»

«Ho la bocca cucita e la invito a pranzo, così non sarò a tavola da solo, e parleremo del lancio di *Nuit de Gloire*. Certo che, se lo avessi saputo prima, avrei potuto scegliere un altro nome per la linea del mio profumo», disse deluso.

«Assolutamente no. Il nome è fantastico e avrà un successo strepitoso», promise Vieri.

«Lo credo anch'io. Allora ci vediamo al *Four Seasons* per l'ora di pranzo.»

2

Vieri chiuse la comunicazione e Gloria gli si scagliò contro, prendendolo a pugni sul petto, mentre urlava: «Sei un deficiente!»

Per tutta risposta, Vieri l'afferrò per i polsi, bloccandola, mentre rideva divertito.

«Hai sentito tutto e sai che non c'era altro modo di calmare il gorilla arrapato se non rovesciandogli sul capo una secchiata d'acqua gelida.»

«Ma dovevi proprio inventarti che sono lesbica? Non che io abbia qualcosa contro gli omosessuali, ma soltanto tu potevi elaborare una palla di questo genere», continuò a urlare lei.

La segretaria allora dischiuse la porta dell'ufficio e fece capolino domandando: «Posso essere d'aiuto?»

«Torna nella tua stanza e fatti gli affari tuoi», le ingiunse Gloria furibonda. La poveretta richiuse la porta, terrorizzata.

Poi, guardò Vieri che stava ridendo, e anche lei esplose in una bella risata.

«E mi toccherà pranzare con lui, per amor tuo», sottolineò il socio.

«Però adesso siamo sicuri d'aver salvato un cliente che non bada a spese e smetterà di importunarmi», ragionò lei, che si era calmata.

Quella sera, quando rincasò, era particolarmente allegra. La baby-sitter aveva appena finito di dare da mangiare ai gemelli che le corsero incontro festosi e lei li strapazzò di coccole, inscenando il solito gioco, mentre loro ridevano, strillavano e gridavano: «Papà, aiuto!»

«Strillate pure, tanto papà non è ancora tornato», disse la mamma chinata su di loro.

«Invece papà è qui», disse Sergio, facendo capolino dal soggiorno, e osservava divertito la scenetta serale che faceva parte della loro quotidianità.

«Sei tornato presto anche tu», lo accolse Gloria, alzandosi per salutarlo.

«Mi ha preso una botta di nostalgia per la mia famiglia. Prima sono passato a vedere come sta mio padre e poi sono venuto a casa per stare con voi», disse lui, sfiorandole la guancia con un bacio.

Ludovico e Roberto si aggrapparono ognuno a una gamba del padre, rischiando di farlo cadere.

La baby-sitter si affacciò dalla porta della cucina e agguantò le due belve, dicendo: «Venite con me e, se state buoni, vi faccio vedere i cartoni animati».

«Sì, la Strega Rossella», esultarono in coro, precedendo Lavinia fuori dal soggiorno.

«Ci facciamo un buon bicchiere di Nero d'Avola?» gli domandò Gloria.

«Mi hai letto nel pensiero. Guarda se c'è una bottiglia di Alto Reale nella cantinetta», annuì Sergio.

Poco dopo si rilassavano entrambi, sorseggiando quel nettare di Sicilia per rilassarsi dalle tensioni di una giornata di intenso lavoro.

«Come sta tuo padre?» gli domandò Gloria.

«Si annoia. Pensa che mi ha proposto di venire in fabbrica a darmi una mano.»

«Questa è una novità», osservò Gloria.

«Mica tanto. Durante il lockdown, quando ho chiuso la fabbrica, papà è venuto con me più di una volta a ispezionare i macchinari. Mi aveva aiutato anche a fare l'inventario», le ricordò.

«È vero. Tuo padre non è mai stato così bene, come da quando c'è la Preciosa a occuparsi di lui», convenne Gloria, alludendo alla badante poco avvenente ma molto efficiente, che aveva sostituito la bella Ivona, una domestica polacca che aveva mire ambiziose e lo aveva sedotto con l'intenzione di farsi sposare. Era una poco di buono, con precedenti gravi, e c'era voluta tutta la determinazione di suo figlio e di Gloria per liberare l'ingegner Lavagnolo dalle sue grinfie.

Preciosa, invece, era una sudamericana tutt'altro che avvenente, ma era onesta, protettiva, e l'ottantenne, affidato alle sue cure, aveva ritrovato un'eccellente forma fisica, tanto da riprendere interesse per la fabbrica di fuochi d'artificio, che lui stesso aveva creato e, in seguito, affidato al figlio.

«Perché non lo coinvolgi un po' di più in azienda? Sono sicura che ti sarebbe d'aiuto», disse Gloria, mentre gustavano, come aperitivo, piccoli sorsi del vino siciliano.

«Mi hai dato un'idea interessante», convenne Sergio, e spiegò: «Così, qualche volta, potrei rincasare prima, come questa sera, e stare un po' con i nostri cuccioli che mi danno serenità».

«Andiamo da loro, così mandiamo a casa Lavinia», propose Gloria, posando sul tavolino il bicchiere di vino ormai vuoto.

Ludi e Robi erano pronti per essere messi a letto. La baby-sitter fu felice di potersene andare e i due genitori presero a leggere la storia del pulcino Ercolino.

I gemelli si addormentarono in pochi minuti.

Gloria e Sergio uscirono in punta di piedi dalla cameretta e scesero in cucina.

Lavinia, prima di andarsene, aveva apparecchiato la tavola. Il salmone lessato, con un contorno di patate e carciofi, era pronto per essere riscaldato nel microonde.

Allora Gloria disse: «Ho in serbo per te una storia un po' bizzarra che, per fortuna, si è conclusa bene».

«Devo preoccuparmi?» domandò Sergio.

«No. Ha provveduto Vieri a risolverla, anche se la soluzione è stata un po' sconvolgente.»

«Mi stai mettendo in ansia.»

«In ansia ci sono stata io, per molti giorni», disse lei e prese a raccontargli la vicenda del profumiere.

Di tanto in tanto si interrompeva per deglutire il cibo e Sergio la spronava: «Vai avanti».

«Allora Vieri gli ha rivelato che la mia assenza dall'ufficio era motivata da un dramma che si stava svolgendo tra me e mio marito, il quale aveva scoperto che io ho un amante.»

«Ma com'è carino il tuo socio! Ci sta facendo una bella pubblicità», deplorò Sergio con acida ironia.

«Aspetta di conoscere la conclusione. Poiché il francese non sembrava così scosso dalla rivelazione e anzi sosteneva che dove c'è un amante ce ne possono essere anche due, lo stronzo ci ha tenuto a precisare che l'amante in questione è una donna. Conclusione: hai una moglie lesbica!»

«Hai capito? Quindi gli ha precluso ogni possibilità di successo, perché a te piacciono le donne. È veramente un infame!» annuì Sergio e, subito dopo, si fece una bella risata.

«I bollenti spiriti del profumiere si sono subito raffreddati», ragionò l'uomo. E soggiunse: «Dovrei fare i miei complimenti al tuo socio. A me non sarebbe mai venuta in mente questa scappatoia».

«Perché tu manchi di fantasia», scherzò Gloria.

«Ti sbagli, amore mio. Io ho molta fantasia. In un lontano giugno di molti anni fa, nei giardini di Villa d'Este ti ho guardata e ti ho immaginata moglie e madre e ho immaginato me nel ruolo di marito. Vederti e innamorarmi di te è stata una folgorazione.»

«Perché ti sei innamorato di me? A quanto mi risultava, dai pettegolezzi del tuo amico Ernesto, che è anche mio fratello, le donnine non ti mancavano», disse lei con fare malizioso.

«Ma la sola di cui mi sono innamorato a prima vista sei stata tu e ti amo ancora come allora. I figli sono venuti, ma il matrimonio non ti piace.»

«Ti sbagli. Anch'io penso che dovremmo sposarci.»

«Quando?»

«Anche subito. Ma vorrei che fosse un momento di festa per te e per me solamente. E vorrei che fosse Vieri a unirci in matrimonio. Oltre che socio è anche un caro amico e io gli voglio bene. Non diciamo niente a nessuno. Affidiamo i piccoli a Maria Sole per un paio di giorni e ci rifugiamo all'*Hotel Villa d'Este*, dove ci siamo incontrati per la prima volta. Ci stai?» propose Gloria.

Sergio la abbracciò sussurrando: «Sono un uomo felice».

Maria Sole

1

QUELLA sera, Maria Sole suonò alla porta dei genitori di Mariano che abitavano nell'appartamento sopra il suo.

Sentì la voce della suocera che, dal vestibolo di casa, diceva al domestico: «Lasci stare, Mirko. Apro io». E le spalancò la porta.

Maria Sole le aveva telefonato per annunciare la sua visita e Cristina fu felice di vederla.

«Accomodati cara. Ho detto a Mirko che prepari la tisana anche per te. So che ti piace quella di tiglio e malva», spiegò, precedendola verso il salotto, dove il marito guardava un dibattito politico alla tivù.

Il suocero la vide, spense la tele, si alzò e le andò incontro. La abbracciò e le domandò: «Il tuo brigante dorme?»

«Come un angioletto. E Antonella veglia su di lui», rispose lei.

«Siediti», la invitò la suocera, indicandole un divano nel salotto.

«Allora, di che cosa ci volevi parlare?» venne subito al dunque l'uomo.

In quel momento entrò il domestico e depose su un tavolino un grande vassoio con le tazze di porcellana e la tisaniera da cui si sprigionava l'aroma delle erbe aromatiche.

«Ti sta bene questo nuovo taglio di capelli. Ti fa sembrare una ragazzina», osservò la suocera, sedendole accanto, in attesa che Mirko riempisse le loro tazze.

«Posso aggiungere un cucchiaino di miele d'arancio?» le domandò il domestico.

«Grazie, Mirko. È quello che le manda il suo amico dalla Valle dei Templi?» s'informò Maria Sole.

L'uomo annuì e disse sottovoce: «È arrivato stamattina, fresco fresco da Agrigento. Ne ho messo da parte un vaso anche per il piccolo Michele, perché so che gli piace spalmato sul pane imburrato».

Il domestico si eclissò, loro rimescolarono il miele nelle rispettive tazze in attesa delle parole di Maria Sole, che bevve un sorso di tisana e infine disse: «Alberto e io avremmo deciso di sposarci».

Cristina allungò una mano ad accarezzarle un braccio e replicò: «Alberto Canepa lo conosciamo bene fin da quando era un ragazzetto giudizioso ed era il compagno di giochi di tuo fratello Filippo. Era anche amico del nostro Mariano e ha saputo starti vicino quando lui se ne è andato. Ora sta facendo da padre al piccolo Michele. È un pubblicitario di successo ed è un uomo onesto. La tua decisione di sposarlo non ci coglie di sorpresa». Poi si rivolse al marito e disse: «Vero, caro?»

«Avete entrambi la nostra benedizione», rispose il suocero, guardando la nuora con tenerezza.

«Vi ringrazio per la comprensione. Ho informato voi, per primi. I miei genitori non lo sanno ancora», spiegò Maria Sole.

«Che cosa aspetti a dirglielo?» la sollecitò Cristina.

«Lo farò domenica, quando andremo a pranzo da loro, sperando che mia madre non dia fiato alle sue critiche.»

«Ludovica è fatta così: trova sempre il pelo nell'uovo. Ma penso che questa volta non avrà niente da ridire», convenne il suocero.

«Quando vi sposerete?» indagò la suocera.

«Pensavamo all'inizio di dicembre. Vorremmo sposarci nella chiesetta di Paraggi, con pochissimi invitati. Ci terrei ad avere voi, i miei genitori, Angelina che è la mamma di Alberto, Felicita Granzotto, che è la sua collaboratrice più stretta, le mie tre amiche del cuore e i loro bambini. Sarà un matrimonio molto sobrio. Villa Sans-souci la conoscete: è immensa e possiamo ospitare tutti per la notte. Dopo la funzione religiosa ci sarà un rinfresco in villa. Tutto qui. Nessun clamore, niente partecipazioni, niente doni di nozze. Vogliamo una cerimonia semplicissima. Siete d'accordo?»

«Maria Sole, ti sei sempre rivelata una ragazza di grande buonsenso e siamo solamente felici che sposi un uomo onesto, un grande lavoratore che ti vuole bene e che sarà un buon padre per il nostro nipotino», disse il suocero.

«Grazie per il vostro affetto», replicò la giovane.

Poco dopo scese nel suo appartamento. Antonella stava ancora rigovernando la cucina, il piccolo Michele dormiva profondamente nella sua cameretta e lei si preparò per la notte.

Poi si chiuse nella camera da letto e chiamò Alberto.

Lui rispose al primo squillo e subito domandò: «Allora?»

«Tutto fatto», rispose lei. E proseguì: «I genitori di Mariano sono stati dolci e comprensivi. E tu? Lo hai detto a tua madre?»

«Angelina la conosci. Anche lei era preoccupata per la reazione dei tuoi parenti. Adesso la tranquillizzo», disse Alberto.

«Tranquillizza me, amore mio. Sei davvero sicuro di volerti legare per sempre a una vedova con un figlio piccolo?»

«Lo sai che ti amo da prima che tu sposassi il povero Mariano. Mi sono massacrato di lavoro per mantenermi agli studi, laurearmi e avere successo, per rendermi presentabile alla tua famiglia che altrimenti non avrebbe visto di buon occhio il tuo legame con il figlio della custode di Villa Sans-souci. Amore mio, devo a te l'uomo che sono. Quindi non fare la scema proprio adesso che dobbiamo preparare i documenti per le nozze», l'ammonì Alberto con tono scherzoso.

«Ho bisogno di averti vicino», confessò lei.

«Non mi metterò in auto per correre da te questa sera, tanto più che domattina ho un incontro con un committente importante qui a Genova. Ma se, come spero, concluderò un contratto con i controfiocchi, domani sera sarò a Milano. Ti invito a cena in trattoria e ti offro un bel piatto di pasta e fagioli.»

«È da un pezzo che ho voglia di pasta e fagioli», replicò lei, spiazzandolo.

«Scherzavo! Sarà per la prossima volta. Domani sera mangeremo pesce fresco al *Montecristo*. Ho già prenotato un tavolo nella saletta interna per noi due», annunciò lui.

«A domani», concluse lei, augurandogli la buonanotte.

Appena chiusa la telefonata con Alberto, il cellulare le segnalò una chiamata di Andreina.

«Dimmi subito che non è successo nulla di grave per chiamarmi a quest'ora», esordì Maria Sole.

«Di grave no, ma di sconvolgente, almeno per me, sì», spiegò l'amica.

«Ti ascolto.»

«Sono sul punto di prendere una decisione importante per la mia vita di donna e di madre, e sento il bisogno di darti una grande notizia», annunciò.

«Non tenermi sulla corda», replicò Maria Sole.

«L'americano mi ha fatto la sua proposta di matrimonio e io mi rimangio tutte le precedenti considerazioni, perché sono sul punto di accettarla.»

«Gloria sposerà il suo Sergio, io sposerò Alberto e tu stai per dire sì a Bill Foster. A questo punto penso a Carlotta che, invece, ha perduto suo marito e non avrà più un compagno. Non dovremmo sentirci un po' in colpa per la nostra felicità?»

Carlotta

1

Padre e figlia camminavano, tenendosi sottobraccio, lungo un viale alberato del Parco di Monza, diretti verso il bar *Cavriga*, dove avrebbero fatto merenda con una fetta di torta fatta in casa e una tazza di tè.

Dagli alberi secolari cadevano le prime foglie ingiallite dall'autunno.

«La paternità non è una questione di sangue, ma di vicinanza. Tu sei sempre stata mia figlia e non smetterò di volerti bene, anche se adesso so di non essere il tuo genitore biologico.»

«Io ti ho detestato quando sei andato a vivere con un'altra donna, lasciandomi in balìa di una mamma anaffettiva. Ho subìto il tuo allontanamento come un abbandono e ci sono voluti alcuni anni per capire che avevi bisogno di una compagna che ti amasse davvero, perché Patrizia e io non bastavamo a colmare il vuoto affettivo creato da Ermellina», ragionò Carlotta.

«Adesso, finalmente, sappiamo le ragioni del suo eterno scontento. Io ho sposato tua madre perché l'amavo tantissimo, lei ha sposato me per salvare, agli occhi del mondo, la sua reputazione. Ma vuoi sapere una cosa buffa? Io l'avrei comunque sposata, non soltanto perché era bellissima, ma anche per quella sua aria misteriosa che la rendeva affascinante. E l'avrei amata ancora di più se avessi saputo il dolore che si portava dentro per la perdita tragica di quel chirurgo che è stato l'unico amore della sua vita. Tacendo di essere incinta, Ermellina non ha tradito me, ma se stessa», disse Gino.

«Questo segreto la consumava e consumava anche il nostro rapporto. La verità, anche la più bruciante, è il solo modo che abbiamo per essere sereni», ragionò Carlotta.

Entrarono nel bar semideserto, in quel pomeriggio d'autunno, e sedettero a un tavolo, davanti a una vetrata che inquadrava il paesaggio alberato.

«Hai rivisto la mamma dopo la sua rivelazione?» le domandò il padre.

Una cameriera si avvicinò al loro tavolo guardando con curiosità la bellissima signora dai grandi occhi languidi, che aveva posato sulla spalliera della sedia un giacchino imbottito color azzurro Madonna, come il tailleur di lana morbida impreziosito da un girocollo di perle scaramazze. Poi si rivolse al suo anziano accompagnatore dalla folta chioma candida che indossava un maglione a collo alto su un completo grigio e si domandò se fossero amanti, dal momento che si scambiavano sguardi di tenerezza.

«Che cosa posso offrirvi?» domandò, mentre pensava che i due formavano una bella coppia.

«Con un tè, che cosa ci propone?» chiese Gino Biffi.

«Le nostre torte freschissime fatte in casa. Vi porto degli assaggi di torta alle carote, torta alle mandorle e crostata con la marmellata di amarene.»

«Affare fatto», disse Gino.

La cameriera si allontanò e l'avvocatessa rispose alla domanda del padre: «Ho bisogno di ritrovare me stessa, prima di rivederla».

«Già! La signora è impegnativa. Eppure, quando finalmente ha trovato il coraggio di raccontare la sua storia, ho sentito tutto il suo dolore per la perdita del solo uomo che abbia mai amato e ho provato tanta pena per lei», rivelò Gino.

«Papà, tu sei troppo buono. Anch'io ho perduto il solo uomo che ho amato veramente, ma ti assicuro che tutto l'amore che ho nutrito per lui lo sto riversando sulla mia bambina. E ti dico anche che, se non avessi avuto un padre come te, la mia vita non sarebbe stata così serena. Da te ho ricevuto solamente dolcezza. E questa dolcezza la trasmetto alla mia bambina. Quando la metto a letto, la sera, recito con lei la preghiera che tu mi hai insegnato», gli rivelò Carlotta.

«Te la ricordi ancora?» chiese lui, commosso.

«Come potrei averla dimenticata? Insieme dicevamo: 'Caro Gesù, tienimi accanto / proteggi il mio sonno, sotto il tuo manto / fammi sognare la luna e le stelle / perché illuminino le cose più belle'. Anche Camilla la sa a memoria.»

Gino le sorrise e soggiunse: «Poi tu dicevi: 'E proteggi anche il mio papà / che è bello, buono e un bacino mi dà'. Allora posavo un piccolo bacio sulla tua fronte e tu ti addormentavi serena», concluse l'uomo che si sforzava di trattenere un singhiozzo.

«Tu sei stato e sei il mio meraviglioso papà e chi se ne importa se non abbiamo lo stesso sangue», disse.

Carlotta allungò una mano e gli diede una carezza. Lui se ne impossessò e gliela baciò.

In quel momento arrivò la cameriera e pensò che quella bella signora ancora giovane stesse facendo soffrire un vecchio innamorato. E la detestò. Comunque fece appello alla sua professionalità per servirla con cortesia, ma l'avrebbe volentieri redarguita.

Carlotta intuì benissimo quello che la donna pensava e, con un dolce sorriso, le rivelò: «Lui è il mio bellissimo papà e stiamo ricordando i nostri momenti belli».

La donna arrossì e balbettò: «Lei è fortunata. Io ho perduto da poco il mio papà». E subito si defilò per nascondere il suo imbarazzo.

Gino e Carlotta si sorrisero e gustarono le torte davvero squisite.

Più tardi, quando uscirono dal parco, trovarono l'autista dell'avvocatessa che li stava aspettando.

«Accompagniamo a casa mio padre», gli disse.

La limousine uscì dal parcheggio e Gino le sussurrò:

«Non vado a casa, vado in via Zucchi, da tua madre. Nemmeno io l'ho più rivista e credo di doverle parlare».

«Che cosa posso dire? Tanti auguri», ironizzò lei.

«Grazie. Ne ho bisogno», rispose lui. E domandò: «Torni in ufficio?»

«Ho il pomeriggio libero. Vado al nido a prendere la mia Camilla. E le dirò che verrai presto a trovarci.»

«Lo farò», garantì lui.

Mentre l'auto si immetteva nel traffico della superstrada verso Milano, Carlotta chiamò Kiky e gli disse che sarebbe andata lei a prelevare Camilla al Nido del Sole.

«Va bene, signora. Grazie, signora. Ha telefonato il signorino Tommaso. Dice che lui e il fratello verrebbero a cena questa sera», la informò il domestico.

«Gli hai detto che va bene, spero», disse Carlotta.

«Sì, signora. Può suggerirmi il menù?»

«Un timballo di riso con polpettine di vitello e funghi porcini freschi, tagliati a lamelle. E poi un timballo di zucca e cavolfiore.»

«Non credo di trovare i porcini freschi al supermercato.»

«Chiama Pietro Abbascià e digli che ci servono per questa sera. Fatti mandare anche un po' di frutta, così prepari una macedonia come dessert», gli ordinò.

«E il vino?»

«Un rosso Venedikà di Bottega. Lo trovi nella cantinetta.»

«Sì, signora. È tutto?»

«È tutto. Grazie, Kiky», disse lei, concludendo la telefonata.

Chiuse gli occhi, si abbandonò contro lo schienale del sedile e pensò che i due figli di Gianni avessero qualche problema da sottoporle.

2

MARIA Sole era sulla porta d'ingresso del Nido del Sole, chinata davanti alla piccola Camilla, e le abbottonava con cura la giacchina rossa di lana cotta. Erano quasi le cinque del pomeriggio.

La bimba parlava gesticolando mentre le raccontava del litigio con il suo amico Chicco, perché aveva coperto di scarabocchi il disegno bellissimo che lei e Samuele avevano fatto insieme.

«Tu lo hai detto alla tata Lucia?» le domandò zia Sole.

«La mamma dice che non sta bene fare la spia», rispose Camilla.

«Sai perché Chicco ha fatto questa brutta cosa?»

La bimba accostò le labbra all'orecchio della donna, abbassò la voce e le confidò: «Perché è geloso. Non vuole che io faccia i disegni con Samuele. I disegni vuole farli solamente lui con me».

Maria Sole si dipinse sul viso un'aria grave e preoccupata. Quindi constatò: «Se Chicco è geloso, il problema è serio e bisogna risolverlo. Sai come fare?»

La bimba inscenò un'espressione pensosa e rispose: «Sì».

La donna si rialzò e le domandò: «Vuoi dirmi come farai?»

«Prima Chicco deve chiedermi scusa. Allora io gli do un bacino e gli dico che lo perdono. Però i disegni li faccio sempre con Samuele e lui non deve più farmi i dispetti.»

«Guarda chi è venuto a prenderti», le disse Maria Sole. La prese per mano e scesero la breve scalinata che conduceva al vialetto d'ingresso, mentre Camilla trillava: «Mammina!»

Carlotta le andò incontro sorridendo.

«Ciao, principessa», le disse e la prese in braccio.

«Come stai?» le domandò Maria Sole.

«Mi sono presa il pomeriggio di vacanza. Avevo bisogno di stare un po' con mio padre, dopo che la mia mamma si è decisa ad aprire lo scrigno segreto del suo passato. Ma questo, tu e le altre lo sapete già», rispose.

«Che cos'è lo scrigno segreto?» domandò Camilla.

«Dopo te lo spiego», le disse Carlotta e, rivolta all'amica, soggiunse: «Mio padre è una bella persona. Quanto al resto, ci si vede giovedì. Adesso sono tutta per il mio piccolo tesoro».

«Anch'io ho in serbo una grossa novità», annunciò Maria Sole, con occhi radiosi. E proseguì: «Ma te ne parlerò in un altro momento. Ora devo lasciarvi, perché tra poco arrivano i genitori a prelevare i loro figli».

«A giovedì», disse Carlotta, congedandosi.

«Che cos'è lo scrigno segreto?» tornò a domandare Camilla, mentre l'autista apriva la portiera della limousine che le avrebbe ricondotte a casa.

«Lo scrigno è una scatola che contiene cose preziose», prese a dire sua madre.

«Come quella dove ci sono i gioielli della mia bambola?»

«Proprio così.»

«Perché è segreto?»

«Perché di solito si tiene nascosto in un posto che sai solo tu, così nessuno te lo può rubare.»

«La nonna Ermellina ti ha fatto vedere lo scrigno segreto?»

«A te non sfugge nulla», sorrise Carlotta, rendendosi conto che doveva essere più cauta quando parlava in sua presenza, perché Camilla assorbiva ogni parola come una spugna. Così, mentendo, le spiegò: «La nonna ha tenuto nascoste nella sua scatola le cose preziose di quando era giovane e, qualche giorno fa, l'ha aperta e ha mostrato a me, alla zia Patrizia e al nonno, quello che c'era dentro».

«Che cosa c'era dentro?»

«Tante cose di cui lei è molto gelosa e l'argomento si chiude qui. Hai capito?»

Erano arrivate a casa. Camilla salutò festosa il domestico che aveva aperto la porta dell'appartamento e subito domandò: «Dov'è la tata Lucia?»

«Oggi fa vacanza. Dovrai accontentarti della mamma. Ti va bene?» le domandò Kiky.

«Più tardi ci saranno anche Tommaso e Battista», la informò sua madre.

«I miei fratelloni. Evviva!» trillò la piccola, avviandosi saltellando verso la sua cameretta.

Carlotta si infilò nello spogliatoio, si liberò del tailleur e indossò una tunica in maglia di lana di un bel fucsia acceso, calzò un paio di comode ballerine dello stesso colore, raccolse i capelli sulla nuca e raggiunse la figlia che, accucciata sul tappeto, stava adornando la sua bambola con una collana di perline colorate.

«Questo è il mio scrigno segreto», disse Camilla indicandole una scatolina di metallo che conteneva un po' di tutto. Catlotta notò una rosellina ormai essiccata e le domandò: «Questo fiore da dove viene?»

«È una rosa. Samuele l'ha colta nel giardino del nido e me l'ha regalata, perché sono la sua fidanzata», rispose la piccola.

«Credevo che fosse Chicco il tuo fidanzato», disse Carlotta.

«Io sono fidanzata con tutti e due, ma Chicco non vuole, perché è geloso», spiegò Camilla, con naturalezza.

La donna sorrise intenerita, mentre pensava che l'amore è un sentimento bizzarro che non conosce età, e che l'essere umano non è nato per la monogamia.

«Adesso lasciamo da parte la gelosia, perché devi fare il bagnetto e poi ti tocca la pappa della sera, così quando arrivano i tuoi fratelli potrai giocare un po' con loro prima di andare a nanna.»

Era felice di occuparsi della sua bambina e le dispiaceva che gli impegni di lavoro le concedessero poco tempo da dedicarle. Quando rincasava, Camilla dormiva già, e allora la prendeva in braccio e la metteva nel suo letto, così passavano la notte insieme e al mattino era Camilla a darle la sveglia, perché alle sette, puntuale come un orologio, la bimba rotolava al suo fianco e le dava il bacino del buongiorno, mentre lei, dalla morte del marito, avrebbe continuato a dormire per abbreviare le ore di veglia dominate dalla sua mancanza.

Quella sera, Camilla giocò con i suoi fratelli e si addormentò serena, come sempre.

Aspettando che Kiky sfornasse il timballo di riso, Carlotta e i ragazzi si isolarono nel salotto a gustare un bicchiere di rosso Uceline di Cascina Castlet, come aperitivo, e rivolse loro uno sguardo interrogativo.

Fu Battista, il secondogenito, a dire: «Nostra madre è stata ricoverata all'ospedale di Niguarda e ha i giorni contati».

«Mi dispiace. Che cosa le sta succedendo?» indagò l'avvocatessa.

«Sembra che, da alcune settimane, accusasse dolori al petto e alla schiena, e gli antidolorifici non producevano alcun effetto. Dopo alcuni accertamenti, il medico del carcere ha diagnosticato un infarto. È stata ricoverata in tutta fretta. L'hanno operata per una dissecazione dell'aorta. È in terapia intensiva, ma le sue condizioni sembrano gravi. Noi siamo stati informati dal nonno e siamo andati a trovarla. È piena di morfina e dubitiamo che possa salvarsi», spiegò il giovane.

Tommaso soggiunse: «Non è stata una madre esemplare e ha fatto cose brutte contro nostro padre, ma, ora che si sta spegnendo, provo molta pena per lei e penso che abbia avuto un'esistenza tutt'altro che felice. I Belgrado non hanno il senso dell'onestà e quando fondi la tua vita sulla furbizia e il malaffare, non può venirti niente di buono».

«Noi, per fortuna, ci chiamiamo Corbetti. L'avvocato del nonno ci ha telefonato per comunicarci la sua disponibilità a continuare a gestire il patrimonio di nostro padre, a partire dal momento in cui nostra madre non ci sarà più. Ma preferiremmo conferire l'incarico al tuo studio», disse Tommaso.

«Io posso solo garantirvi tutto il mio sostegno sul piano affettivo, come ho fatto fino a oggi. Su quello economico vi affiderò al professor Valli che conosce bene gli affari dei Belgrado. E che Dio abbia pietà per vostra madre», concluse Carlotta.

Kiky entrò in salotto e annunciò che la cena era in tavola.

3

I TRE consumarono la cena in silenzio.

Luisa Belgrado aveva coltivato un livore profondo verso tutto e tutti, rendendo infelici le persone che le vivevano accanto.

Carlotta osservava i due ragazzi e indovinava i loro pensieri. Sapeva che ora si sentivano in colpa per non essere stati assidui nel visitare la madre quand'era in carcere, così commentò: «Questi non saranno giorni sereni, ma non abbiate timore di stare accanto alla mamma. Superate la sua immagine negativa e guardatela come la donna che vi ha dato la vita e che adesso ha bisogno di voi. Io potrei chiedere un permesso al tribunale così che possiate starle accanto giorno e notte».

Tommaso, che era il più riflessivo, replicò: «Mia madre non se ne è mai accorta, ma io volevo più bene alla nostra tata che a lei. Per fortuna avevamo papà che si dava totalmente a noi nel poco tempo libero di cui disponeva. Ricordo un episodio di quando avevo cinque anni e non stavo bene. La tata aveva detto a mia madre che avevo la febbre. Allora lei entrò nella mia cameretta e disse: 'Cos'è questa storia che vuoi restare a letto? Alzati subito e vai a fare colazione'. E io risposi: 'Sì, signora'. E mi alzai barcollando, prima di lasciarmi cadere a terra. L'avevo chiamata signora, invece che mamma».

«Ci sono cose che non si dimenticano, ma si perdonano. Ora Luisa Belgrado ha bisogno del vostro perdono», disse Carlotta.

«Papà aveva ragione: sei una donna speciale», commentò Battista, accarezzandole una mano.

«Ho tanti difetti, ma non serbo rancore a nessuno. Sono sicura che vostra madre, anche se non sa esternarlo, vi vuole bene, così come sono sicura che il distacco da voi le sia pesato sul cuore.»

«Ma è anche vero che ognuno di noi raccoglie ciò che semina», osservò Tommaso.

«Appunto. Cercate di seminare bene, come ha fatto vostro padre e, se non raccoglierete i frutti, avrete almeno la coscienza tranquilla. Ma è inutile che vi dica queste ovvietà, perché siete generosi come lui, altrimenti non sareste così tristi per le condizioni della vostra mamma», disse la donna.

«Oggi, all'ospedale, c'era anche nonno Belgrado e piangeva. Mi è dispiaciuto vedere questo vecchio in lacrime. Quand'ero bambino, ricordo d'averlo ascoltato discutere d'affari con alcuni interlocutori e il cinismo che leggevo nel suo sguardo mi impauriva. Ho visto persone piangere di fronte a lui. Avrei voluto dirgli: 'Nonno, non fare così'. Ma temevo che si arrabbiasse. Così tacevo, ma mi sentivo a disagio. Una volta lo dissi alla mamma e lei sorrise, commentando: 'Tu non puoi ancora capire, ma imparerai presto che, nel mondo degli affari, se non sei spietato, affoghi. Come sostiene tuo nonno, devi farti sette croste e poi ancora una, se non vuoi andare a gambe all'aria. Se sei debole, non concluderai mai niente nella vita'. Le sue parole mi avevano colpito e ci rimuginai sopra per molto tempo. Poi mi confrontai con mio padre e ricordo ancora la sua risposta: 'L'onestà e la gentilezza non sono sempre vincenti, sulla breve distanza. Ma ti consentono di vivere con serenità. Non credo che tuo nonno sia un uomo sereno'», raccontò Battista.

«Ragazzi, vi ricordo che state parlando di un vecchio e di una donna che soffre nel letto di un ospedale. Lo sappiamo tutti che vostro nonno si è arricchito acquistando cliniche private e costruendone altre con raggiri a spese della sanità pubblica e sulla pelle dei malati. Luisa, vostra madre, non ha avuto un bell'esempio da suo padre e lo ha imitato. Adesso lei è in fin di vita e voi le starete accanto, perché siete due bravi ragazzi. Quanto a vostro nonno, che Dio abbia pietà di lui», concluse Carlotta.

Il domestico era tornato a casa sua e l'avvocatessa preparò una tisana rilassante per tutti e tre.

I ragazzi erano visibilmente stanchi e lei, dopo il pomeriggio trascorso con Gino Biffi, rivivendo con lui le emozioni profonde di tutta una vita, aveva bisogno di un lungo sonno ristoratore. Ma intuiva che i figli di Gianni sentivano ancora la necessità di parlare, poiché era diventata il loro unico punto di riferimento. Infatti, Battista le domandò: «Secondo te, esistono famiglie felici?»

Carlotta pensò alla sua famiglia d'origine, dominata dai silenzi e dai malumori di sua madre che nascondeva un segreto bruciante. Pensò ad Andreina che era vissuta con la colpa di essere una «figlia del peccato», a Maria Sole che era stata schiava del perbenismo, a Gloria che ancora ignorava le ragioni del malessere dei suoi genitori che avevano avvelenato la sua infanzia, e rispose citando Tolstoj: «'Le famiglie infelici, sono infelici ciascuna a modo suo.' Personalmente, sono convinta che ci siano anche famiglie serene e dipende da noi costruire la serenità. L'avidità, l'invidia, la menzogna non portano niente di buono. La sincerità, l'accoglienza, la generosità, l'amore, il rispetto, fanno di una famiglia il luogo ideale da cui trarre conforto alle disgrazie che la vita non risparmia a nessuno. Sta a noi coltivare con cura i rapporti affettivi e attingere serenità l'uno dall'altro. Se ci impegniamo fino in fondo, scopriremo che la vita è bella, nonostante la sofferenza che spesso ci impone».

«Grazie, Carlotta. Capisco perché papà ti abbia tanto amata e anche perché sia io sia Battista ti abbiamo voluto bene da subito. Sei una grande donna», disse Tommaso.

«Ragazzi, vi ringrazio e spero di non deludervi mai.»

«Spetta a noi non deludere te che ci hai aperto la tua casa e il tuo cuore», affermò Battista.

Carlotta era sul punto di commuoversi e reagì dichiarando: «A questo punto, riponiamo i violini nella loro custodia e andiamo a letto, perché siamo un po' stanchi».

«Possiamo fermarci qui per la notte?» domandò Tommaso.

«La camera degli ospiti vi aspetta. Fate come se foste a casa vostra», replicò Carlotta, dando loro una carezza, prima di avviarsi verso la cameretta di Camilla.

La piccola dormiva serenamente. Lei la sollevò tra le braccia e la portò nella sua stanza.

La adagiò nel grande letto e si distese al suo fianco. Per qualche minuto ascoltò il respiro lieve della figlia, poi si addormentò anche lei.

Una vocina angelica le sussurrò all'orecchio: «Mammina, svegliati. Ho fame».

Carlotta lesse l'ora sul quadrante della sveglia. Erano le sette del mattino.

«Buongiorno, angioletto mio», bisbigliò con la voce ancora assonnata.

Quando entrarono nella cucina, Kiky aveva già preparato la colazione e, accanto alla tazza del caffè, Carlotta trovò un foglio ripiegato.

«Questo che cos'è?» domandò al domestico.

«Non lo so, signora. Era qui per lei», rispose indicando una scritta che diceva: PER CARLOTTA.

Lo aprì e lesse: «Sono le quattro e mezza del mattino.

Ci hanno chiamato da Niguarda per comunicarci il decesso di nostra madre. Battista e io andiamo in ospedale. Un abbraccio».

Carlotta ripiegò il foglio e se lo infilò nella tasca della vestaglia, bisbigliando: «*Requiescat in pace*», e pensò che Luisa Belgrado era morta senza sapere che la vita è bella.

4

AL funerale di Luisa Belgrado, officiato nella cappella di famiglia al cimitero Monumentale, erano presenti soltanto cinque uomini: i suoi due figli, il padre quasi novantenne, il notaio Mistretta e l'avvocato Grantaliano, curatore del patrimonio della defunta.

Un patrimonio che, sebbene decurtato dalle pesanti sanzioni penali e amministrative, e da altri beni ancora sotto sequestro, era sfacciatamente cospicuo.

Tommaso e Battista lo appresero a conclusione del funerale, quando il nonno li ospitò nella sua casa in via Gesù per prendere un caffè insieme al notaio e all'avvocato.

L'uomo non sprecò la voce ormai fioca con parole di conforto per i nipoti rimasti senza genitori nel volgere di pochi giorni. Ma era un fatto che il nome dei Belgrado aveva ancora un grande potere dal momento che i mezzi di comunicazione avevano taciuto la morte della figlia, evitando così di riportare alla ribalta la storia terribile che l'aveva relegata dietro le sbarre.

Il notaio Mistretta lesse le disposizioni testamentarie della defunta che assegnava tutti i beni mobili e immobili ai due figli e si concludevano con una frase scabra: «Se ho commesso qualche errore, vi chiedo di perdonarmi».

Alla fine della lettura, nello studio del nonno scese il silenzio. Allora l'avvocato Grantaliano disse: «Se voi due fratelli siete d'accordo, io posso continuare a occuparmi della gestione del patrimonio, come ho fatto fino a oggi».

Tommaso e Battista si scambiarono uno sguardo d'intesa e il fratello maggiore rispose: «Noi preferiremmo rinunciare a questa eredità, perché tanta ricchezza ci spaventa un po' e, francamente, papà aveva già provveduto alle nostre necessità. Io sto per laurearmi in Medicina e intendo restare nell'ambito ospedaliero, e Tommaso farà come me».

Il nonno, che sedeva su una poltrona con l'impassibilità di un monarca, disse: «Si vede che non avete mai conosciuto la miseria».

«No, per fortuna», replicò il fratello minore. «Per questo ci consideriamo dei privilegiati. Papà ci ha anche lasciato la sua clinica di chirurgia plastica. Noi lavoreremo per la sanità pubblica, ma nel tempo libero affiancheremo i chirurghi che lavoravano con papà nella sua clinica. Come vedi, nonno, abbiamo le idee chiare sul nostro futuro. Abbiamo molto rispetto per il denaro guadagnato onestamente e ci sentiremmo a disagio se accettassimo l'eredità di mamma», concluse.

«Il mio consiglio è di non rifiutare un'eredità così cospicua», suggerì il notaio Mistretta. E soggiunse: «Prendetevi dieci giorni per riflettere. Magari vi viene in mente un'idea su come impiegarla».

L'incontro era finito. I ragazzi salutarono i professionisti con una stretta di mano e diedero un bacio al nonno che li liquidò con un gesto infastidito.

«Non mi sono mai sentito così depresso», disse Battista al fratello, quando uscirono dalla casa di via Gesù.

«A chi lo dici! Mi butterei nel Naviglio, se non fosse in secca», replicò Tommaso.

Si abbracciarono.

Poi Tommaso confessò: «Ho ventitré anni e davanti al nonno tremo ancora come quando ero bambino».

«Oggi ho sentito una pena infinita per nostra madre che ha avuto un padre come lui. Ti ricordi la dolcezza di nostro padre, quando eravamo bambini?» disse Battista.

«È stato la nostra salvezza. E ora capisco che mamma non poteva essere diversa da come era, essendo cresciuta con un uomo come il nonno che l'aveva lasciata in balia di un numero infinito di tate. Nessuno l'ha amata e lei non ha imparato ad amare. Forse, se sua madre non fosse morta dandola alla luce, avrebbe ricevuto un'educazione diversa. Ci ha lasciato un patrimonio in denaro e proprietà e, forse, quello è stato il suo modo per esprimerci affetto. Ma noi sappiamo che quel denaro non è pulito e io non lo voglio.»

«Non lo voglio neppure io.»

«Sai una cosa? Mi è venuta voglia di una bella tazza di cioccolata calda. Il *Cova* è a due passi. Vieni con me?» domandò Tommaso al fratello.

Davanti a una tazza di cioccolata fumante, i due giovani ripercorsero il tempo della loro infanzia, alle prese con una tata sadica che, quando piangevano, li rinchiudeva nello sgabuzzino buio delle scope, oppure li infilava nella doccia sotto il getto dell'acqua gelida.

Nessuno dei due osava confessare al padre queste sevizie. Però lui doveva aver intuito che qualcosa non andava per il verso giusto e, un giorno, la licenziò.

E, finalmente, entrò in casa Margherita. Era un'infermiera che lavorava in ospedale con Gianni Corbetti. I suoi parenti erano contadini ed erano a servizio di un padrone avido che qualche volta si dimenticava di pagarli e loro tacevano perché lui li ospitava in due stanze senza servizi e minacciava di sfrattarli se mai loro avessero protestato.

Margherita, ogni mese, spediva a casa gran parte del suo stipendio e si sobbarcava turni massacranti per guadagnare qualcosa di più. Ma, nonostante queste difficoltà, era uno spirito allegro e infondeva serenità ai malati che si susseguivano nel suo reparto.

Il dottor Corbetti, nel quale lei riponeva una fiducia assoluta, le propose di lasciare l'ospedale e di occuparsi dei suoi figli, offrendole un compenso di tutto rispetto.

«Quando i miei bambini saranno cresciuti e non avranno più bisogno di una tata, tornerai a fare l'infermiera nella mia clinica privata», le aveva garantito.

Margherita era entrata in famiglia come una ventata di primavera e i due fratelli conobbero la felicità.

Lavorava tuttora nella clinica Corbetti e, quando vedeva arrivare i due ragazzi, li stringeva al petto, come faceva quand'erano bambini.

Tommaso e Battista trascorsero un'ora a passare in rassegna i loro ricordi.

«E se impiegassimo il capitale che ci ha destinato nostra madre per aiutare i bambini del terzo mondo che nascono con il labbro leporino o altre malformazioni?» disse Battista, all'improvviso.

«È un'idea geniale, fratello!» si entusiasmò Tommaso.

«Lo vedi? Abbiamo proprio bisogno dell'aiuto di Carlotta. Il suo studio legale ha dei professionisti capaci di muoversi in questo settore», annuì Tommaso.

«È un modo per finalizzare al bene il denaro accumulato con ogni sorta di raggiri. Papà sarebbe entusiasta di questa idea», disse Battista.

«Io ho il sospetto che sia stato lui a ispirartela», osservò il fratello.

«Ha ragione Carlotta: papà è sempre con noi, con lei e con la nostra sorellina», constatò l'altro, dopo aver assaporato l'ultimo sorso di cioccolata calda.

5

VENNE il giovedì sera. Dal cielo cadeva una pioggerella svogliata dopo una giornata stranamente afosa per quel fine ottobre. Tra qualche giorno ci sarebbero state le ricorrenze dei Santi e dei Morti e, subito dopo, sarebbero iniziati i preparativi per il Natale. Sarebbe stato un inverno travagliato dalla crisi climatica che coinvolgeva l'intero pianeta, dall'inflazione galoppante, dai rincari delle bollette del riscaldamento e della corrente elettrica, da un governo litigioso e inefficiente, da una guerra scatenata dall'avidità e dal sadismo di un despota assassino che governava la Russia ed era intenzionato a distruggere un'intera nazione.

Con tutto questo, la vita aveva comunque il sopravvento e si vedeva un fiore spuntare tra le macerie dei bombardamenti, si vedevano due giovani innamorati vestiti di stracci che si scambiavano un bacio a ridosso di una montagna di macerie. La vita è il dono più bello che il Padre

Eterno ci ha dato e noi dobbiamo viverla pienamente nella gioia e nel dolore fino a quando potremo stringerla tra le mani.

Questa consapevolezza accomunava le quattro amiche del giovedì, che entrarono nel ristorante della signora Pia Mantovani, in piazza Novelli.

La padrona di casa era in piedi, davanti a un tavolo che ospitava una bella coppia di anziani, e prendeva nota delle loro richieste.

Levò lo sguardo verso l'ingresso e vide le sue clienti predilette. Sorrise e andò incontro festosa alle belle signore che ricambiavano il suo sorriso.

«Questa sera ho una sorpresa per voi», annunciò con entusiasmo. E spiegò: «Non chiedetemi come ma, stamattina, un mio fornitore mi ha portato una scatola da due chili di caviale russo. Ho vietato allo chef di aprirla, perché voglio farlo davanti a voi. So quanto vi piace e ho già fatto preparare delle patate al forno con una buccia sottilissima. Se siete d'accordo, ve le servo con il caviale».

Le precedette verso la saletta Ottocento, con il tavolo ovale preparato per loro.

«Ma questa è porcellana russa!» esultò Andreina, vedendo i piatti con i decori floreali blu.

«È il vasellame che la nobiltà e la borghesia usavano a tavola, quando la classe dirigente russa conosceva le buone maniere e amava la cultura. Ma queste cose, voi le sapete meglio di me», disse la signora Pia, mentre aiutava le sue ospiti a liberarsi degli ombrelli e dei soprabiti.

Dentro una grande ciotola riempita di ghiaccio c'era una grossa scatola di latta blu, con scritte in cirillico. In un secchiello, anch'esso riempito di ghiaccio, c'era infilata una bottiglia dorata di spumante Bottega.

Le quattro amiche occuparono i loro posti, mentre un cameriere entrava nella saletta per aprire la scatola del caviale.

Quando rimasero sole a gustare quella prelibatezza, iniziò la fioritura delle chiacchiere.

«Non vi sentite un po' in colpa a consumare un cibo così raro e costoso, che viene da un Paese dove i pescatori e i contadini vivono ancora come servi della gleba?» domandò Gloria, dopo aver deglutito il primo boccone con un evidente senso di piacere.

«Parli da animalista o da difensore delle disparità sociali?» domandò Carlotta.

«L'uno e l'altro. Noi ci rimpinziamo di uova afrodisiache mentre nelle campagne dello sterminato territorio russo la gente usa ancora il cavallo per arare i campi e non sa neppure che in una nazione vicina Putin sta facendo la guerra contro un popolo inerme che parla la sua stessa lingua, pratica la stessa religione ma, invece della dittatura, ha un governo democratico che garantisce condizioni di vita migliori.»

«Gloria, hai deciso di mandarci di traverso la cena?» domandò Maria Sole.

«L'epidemia di Covid non è ancora scomparsa, la guerra con minacce di attacchi nucleari pende sulla testa dell'intera Europa, il sistema ecologico della Terra sta andando a farsi fottere, però la gente non ha smesso di andare a lavorare, di amarsi, di raccontare barzellette, di leggere buoni libri e di nutrirsi sperando di non ingerire cibo mischiato con la farina di insetti. Mi rode la mia impossibilità di fare qualcosa per rovesciare le sorti di un mondo che va alla deriva», rispose Gloria e proseguì: «Penso ai miei bimbi. In quale clima vivranno? Come sopravvivranno in questo ambiente dissestato? È questa l'eredità che gli lasceremo?»

«Io, veramente, avrei voluto parlare di Bill Foster, il padre della mia Viviana», sussurrò Andreina.

«Allora io potrei parlarvi delle mie nozze con Sergio», annunciò Gloria.

«Io avevo in mente di raccontarvi un progetto meraviglioso, ideato dai figli di Gianni, che hanno chiesto il mio aiuto per poterlo realizzare», rivelò Carlotta.

«Io vorrei annunciarvi che sposerò Alberto Canepa», disse Maria Sole.

«Amiche mie, ho l'impressione che siamo diventate donne mature. Non mi riferisco solamente agli anni che incalzano, ma a un dato di fatto inoppugnabile: siamo cresciute perché abbiamo acquisito la consapevolezza delle nostre decisioni. Quando ci siamo conosciute, eravamo farfalline che cercavano il fiore sul quale posarsi e questa ricerca è stata molto impegnativa. Abbiamo avuto momenti di esaltazione e altri dolorosi. Abbiamo riso e pianto ma, sostenendoci l'una all'altra, non abbiamo mai smesso di credere in un futuro sereno. Accidenti! Questa scorpacciata di caviale e patate mi costerà ore di palestra e dieta ferrea», disse Carlotta.

«Ma intanto arriviamo in fondo a questa bottiglia di bollicine e poi propongo una tisana digestiva», suggerì Gloria. E soggiunse: «Non abbiatevene a male se non sarete invitate alle nostre nozze, perché abbiamo deciso di sposarci con il rito civile e sarà Vieri a unirci in matrimonio. Sergio, che ha rapporti frequenti con alcuni impiegati comunali per via dei controlli cui viene periodicamente sottoposta la sua azienda, chiederà a due di loro di farci da testimoni. E per la nostra luna di miele andremo a Villa d'Este, dove Sergio e io ci siamo conosciuti».

«Io sposerò Alberto nella chiesetta di Paraggi, durante il ponte milanese di Sant'Ambrogio. Per l'occasione vi vorrò tutte a Villa Sans-souci, con i vostri cuccioli. Io non smetterò di occuparmi del Nido del Sole, come Alberto continuerà a fare la spola tra la sua agenzia di Genova e quella di Milano e continuerò ad abitare in via Leopardi, nello stesso palazzo in cui vivono i genitori di Mariano che continueranno a godersi il loro nipotino. Naturalmente, ho spiegato ad Alberto che il giovedì sera è sacro, perché voi siete le mie amiche del cuore e non voglio rinunciare alle nostre cene settimanali», disse Maria Sole.

«Questo l'ho chiarito anch'io con Bill. Ora lui si sta destreggiando tra una serie di pratiche complesse per il riconoscimento della paternità di Viviana. Ci sposeremo a Milano la prossima primavera. Io continuerò a vivere nell'appartamento che ho ereditato da mia madre e lui continuerà a vivere e lavorare a Boston. Verrà più spesso in Italia e la prossima estate saremo noi ad andare negli Stati Uniti. La distanza favorirà il desiderio di stare insieme», raccontò Andreina.

«E il povero chef?» domandarono le altre in coro, poiché sapevano che il rapporto con Marco Montagner, dopo la nascita di Viviana, era diventato più che amichevole.

«Marco è un tesoro. Abbiamo parlato a lungo e, con onestà, gli ho spiegato tutto. Ha capito le mie ragioni. Saremo sempre grandi amici», raccontò Andreina.

«La vita è bella, nonostante», concluse Carlotta.

PEFC™
PEFC/18-31-226

Certificato PEFC

Questo prodotto è realizzato con materia prima da foreste gestite in maniera sostenibile e da fonti controllate

www.pefc.it

GRAFICA VENETA
CARBON NEUTRAL

Questo libro è fabbricato da Grafica Veneta S.p.A.
con un processo di stampa e rilegatura certificato 100% carbon neutral
in accordo con PAS 2060 BSI

Finito di stampare presso Grafica Veneta S.p.A.
Via Malcanton, 2 – Trebaseleghe (PD)
Printed in Italy